英文，非學好不可

成寒 ◎ 著

時報出版

推薦序

成寒的簡易苦讀法

政大外語學院院長　陳超明

　　從ICRT、CNN到HBO，凡是有志把英語練好的人都曾經在這股英語學習潮中度過，有人已經安然到達彼岸，有人至今依然隨波逐流，也有人卻早就黯然回頭，從此不再碰英文。

　　而你，究竟是屬於哪一種人呢？

　　台灣的政界名人、影視明星、補習班名師，以及說得一口流利國語的老外都曾出書，販賣他們學習語言的「捷徑」。花招、祕訣加上個人名氣，書大部分都賣得很好，不過台灣人的英文程度真的有全面改善嗎？不盡然。

　　五年前，成寒出了一本在台灣、香港和大陸兩岸三地銷售量奇佳的《躺著學英文──英文聽力從零到滿分》，造成許多讀者追隨她的親身經驗，賣力學英文，也掀起台灣一股出版英語有聲書的狂熱。

　　《躺著學英文──英文聽力從零到滿分》賣的不是成寒的名氣，而是作者長期以來的「簡易苦讀法」。簡易，是因為大部分時候以「聽」為主，所以隨時隨地都可以學英文；苦讀，則是告訴你，天下沒有白吃／白癡的午餐，學英語需要下「苦功」，沒有速成和捷徑可言。

　　但別驚慌，這本書讓你的苦學有樂趣，有成果。

　　五年後的今天，再度出版這本新書《英文，非學好不可》，成寒的知名度早已超越五年以前，但我很好奇這本與前本有何不同？

　　成寒在《英文，非學好不可》仍維持她的基本論調，即學英文，以「聽」為開始，耳朵打通了，接下來的「讀」、「說」、「寫」就會順利多了。但新書寫得比舊書更詳盡，一步一步的告訴你如何搶救英文大行動、背單字的爆笑卻有效絕招、文法丟棄法、聽力的正確訓練方式、電影電視的享樂偏方，聽讀說寫全面照顧到了。

　　其中最可貴的是讀者經驗。五年來讀者看了她的書所得到的感想及成果發表在成寒網站的留言版，成寒將這些留言摘要在書上，包括台灣人及大陸人共同的學習迷思。這些活生生的例子，讓讀者能夠深刻體會到，別人的問題可能就是你的問題。

　　而無論是已絕版的《躺著學英文——英文聽力從零到滿分》或現在的《英文，非學好不可》，成寒的書與坊間書大不同。她不以考試導向，而是希望讀者先有正確的學習觀念，再求適當的學習方法。她強調英文一定要「活讀」而非「死背」，要聽得懂，說得出，寫得來，一定要學到能夠自由使用的程度。只要程度佳，考試自然能通過。

　　成寒的方法，讓英文實力可以維持一輩子，而不是一旦考過了試，從此不再碰英文。

 一問自己

為什麼，我的英文

聽不懂？

說不出？

寫不來？

再問自己

我是屬於以下哪一種人？

聽不懂──英語聾子

說不出──英語啞巴

寫不來──英語文盲

自 序

我如何從零分到聽力滿分

為什麼英文學不好？為什麼學英文的習慣難以維續下去？

那是因為，大家太把英文當一回事了，當成重要學科，當成考試測驗，非得正襟危坐不可，怪不得到後來沒有人逼，一出了學校或補習班，從此不再碰英文。

用對了方法，英文一定可以學好

如果像我這樣，讓英文成為好玩的嗜好、日常的消遣，英文於是一天比一天好，哪來痛苦可言？

我向來不贊成苦讀，也很少鼓勵別人學英文，因為學英文，不是一、兩天便能學好；何況，學了還會忘記。青春有限，不如去玩。

可是，我經常告訴朋友：「英文，只要用對了方法，一定可以學好。」

何況在學習的過程中，我從來沒有痛苦過。

我很不幸，也很幸運。早年台灣注重講解文法的傳統教學法，為人詬病，於我倒是無傷。反正我在學校時的英文一直很差，看到文法就頭痛，簡直得了英文恐懼症（Englishphobia）。

　　直到17歲那年，有個好心的親戚送給我十幾本美國幼童聽的英語有聲故事書。我一聽，簡單的字彙，很快就讓我入了迷，原來英文沒有那麼難。為什麼學校規定我們念那些無趣的文章呢？我突然覺醒過來，下定決心，非把英文學好不可。

　　在此之前，我的英文有多差呢？現在回想起來，連我自己都不敢相信，我的英文曾經是那麼爛！

破英文，不堪回首

　　國一的時候，由於轉學的緣故，我在鄉下國中沒有學到音標，轉到城裡的新學校時，班上同學又都已經學過了。那時候，也沒機會上補習班，最可怕的是，我一直學的是「無聲英語」，半個單字都不會念。

　　我其實很用功，用的卻是笨方法：死背。

　　英文單字不會念，我就把一個個字母拆開，當成圖案默背下來。當然，26個字母好歹還認得，也虧我天生記性好。考試前幾天，我抱著佛腳死背活記，可以把整本課本像畫符一樣，一句句、一段段在紙上默寫而出。我知道哪個字後面該接哪個詞，只要考試題目變化不大，我就可以猜對。這一招，每次都讓我的英文考試險險飄過。

　　連英文老師都不知道，居然有人用這種方式學英文。真是愚蠢到家！

　　可我一直很心虛，尤其是上英文課時，我就像聾子兼啞巴，聽不懂老師在說什麼，自己也說不出半個字。我還記得曾經在英文單字旁加注音，如 he，我在旁寫上：「戲（閩）＋重」──提醒自己，he 這個字要用閩南語發音「戲」，而且加重音。

然而，現在的我卻經常告訴朋友：「英文像我這樣差的人都能學好，你，當然也能。」

學英文，沒有刺激，也要有動機，還要有方法

有好多好多原因，讓我想把英文學好。比方說，我媽和英文老師的白眼；我前男友的冷嘲熱諷，大傷我脆弱的自尊；還有，我自己那顆流動的心，我多麼想將來有一天，走遍全世界，還有許許多多數不清的夢想...

所以，想學好英文，刺激遠過於鼓勵；即使沒有刺激，也要有動機。

動機就是學習語言的目的，為了增加旅途的樂趣，提高事業上晉升的機會，或是只為了多學一點東西，這些都是動機。

很多人，尤其是兒童，花了那麼多時間和金錢補習，到後來還是學不好。那是因為既沒刺激，也沒動機，不知道學英文有何用？好像只是為了父母學的。

但，有了動機和刺激，也還是不夠。

學英文，一定要有好的方法。

很多人學英文，沒有恆心學下去，那是因為學而無方，或者方法太辛苦。而我也一樣，我雖然一開始便認清真相：沒有人能幫我念好英文，除了我自己。但常常我還是偷懶，念不下去。正經坐著讀，讀到打瞌睡，我便想到，何不乾脆躺下來，閉上眼睛，用聽的，輕輕鬆鬆地。嘿！這一招真的很管用。

90%時間躺著，剩下10%穿插著背生字、做克漏字和跟述。

從英文一竅不通，到後來會聽，就會說，也會寫，善用各項學習利

器，終於克服了英文恐懼症，十個月後托福聽力考了滿分（總分考613分），那年才滿17歲。隔年秋天，我在美西的沙漠裡上大學，第一年，那些在台灣補過托福的新生，紛紛搶借我的筆記抄，因為他們幾乎聽不懂教授的話。

從此愛上英文

一路走過來，英文豐富了我的人生。從大一開始，我訪遍世界著名文學家的故居，出版《推開文學家的門》和《方塔迴旋梯》；走過全美國及日本，拜訪建築大師萊特的作品，寫下《瀑布上的房子》；也曾經花少少的錢，搭火車貧窮遊歐三個月。我無法想像，當初若沒有學好英文的話，今天的我，可能完成多采多姿的夢想嗎？

五年來，許多讀者跟著我的腳步，在台灣、大陸、美國、加拿大、澳洲，有多少人讀過《躺著學英文》及《成寒英語有聲書》，其中大部分人過去學了那麼多年的英文，還不及我教他們來得快——當然，這都是他們自己的努力，我不敢邀功，但起碼證明我的方法是對的。

歡迎上我的網站，你會看到許許多多讀者的感言，甚至你也可能認識他們，心裡正羨慕著人家呢！

關於如何陪孩子學英文，請參閱成寒另一本書：《早早開始，慢慢來——陪孩子走過英語路》。

前言

《躺著學英文》的成果、迷思與澄清

　　五年前，我在台灣出版了《躺著學英文 ｜ 聽力從零到滿分》一書，讀者不計其數，北投一所圖書館曾邀請我演講，雖然我沒去，但執行的黃小姐邀約理由是：《躺著學英文》是該年度借閱率最高的一本書。

　　當初出版這本書，是因為我寫了許多旅遊文章，好奇的讀者總是來我的網站問，他們很羨慕我能跑遍全世界，但擔心自己英文不佳，不太敢一個人出國自助旅行。於是，我在留言版裡義務回答有關學習英文的方法，分享我個人的經驗。眾多讀者也紛紛在我的留言版提出問題，我則不厭其煩地回答，這樣持續了幾年，我覺得有必要寫一本書，以免自己變成一再重複的錄音機或影印機。

　　幸運地，《躺著學英文 ｜ 聽力從零到滿分》一出版就轟動，成為誠品、金石堂、何嘉仁等各大書店的百大年度暢銷書。

　　我走到哪兒都有人跟我說他是我的讀者。有許多讀者告訴我，過去一直恨英文，越念越討厭，直到看了本書，照我的方法去做，漸漸地對英文產生「感覺」；有了感覺，英文便不再令人厭惡，願意常接觸，久了就愛上英文。因此英文大大進步。

　　我的讀者身分統計，有一半是英文系畢業生，一小部分人的托福成績本來就已經考過600分，還有少數是從美英加澳留學回來的，重頭學英文。其中許多人是英文老師，甚至也有人正在大學教英文。

　　至於本來程度比較差的，抱著速成心態，通常只對我的書名羨慕，不會真正採取行動。但也有不少讀者，在坊間亂買亂聽練唸，持亂槍打鳥、投機取巧的心態，結果進步當然有限。最大的迷思是，有讀者買了《躺著學英文》，結果，從頭到尾就只是「躺著」聽，說不定還睡著了，這樣做，當然不可能學好。

許多英文專家看到我的書名，幾乎沒看內容，就直接批評：英文豈能躺著學？說得好！英文豈能躺著學？一本書，頁數那麼多，沒想到有些人只看到「書名」而已！我的書名雖聳動，但我寫的經驗談，絕對沒有叫大家只是躺著學。我的意思是：躺著也能學，躺著也要學。

這五年來，我仔細檢討，發現想學好英文有三招：方法、毅力、教材，缺一不可。

毅力，要靠自己。不然，上帝來教也沒有用。

方法，《躺著學英文》書上已經寫了，但可能寫得不夠詳盡，或讀者解讀的方式有別。這次出版《英文，非學好不可》，非常仔細地提出問題所在，一一將方法列出，務必做到聽、說、讀、寫，同步進行，一個也不能少。

有了毅力和方法，最後的問題就是教材的選擇。很簡單，只要由淺入深，循序漸進，英文不可能學不好。請大家上我的網站看看其他讀者的留言，目前，已有相當多的讀者進步到能夠「自由使用」英文的程度，證明我的方法是對的，對我來說這樣就夠了。

至於有所質疑者，我想學學《亂世佳人》（Gone with the Wind）結尾，白瑞德離去時對郝思嘉說句不太客氣的話："Frankly, my dear, I don't give a damn." 因為，一旦心存質疑，你就不可能認真付出全力學習。那麼我的書，我的方法，對你毫無用處。

倘若本書寫得不夠詳盡，還有任何相關問題的話，歡迎上成寒部落格提出來，我很樂意為你解答。告訴自己，英文，非學好不可。

《成寒部落格》：http://www.wretch.cc/blog/chenhen

CONTENTS

Part 1

搶救英文大行動

Part 2

背生字

Part 3

聽、讀、說、寫

Part 4

兒童學英語

CONTENTS

Part-1
搶救英文大行動

當年，為什麼連張曼娟都學不好英文？

　　我不認識作家張曼娟本人，但20年來，我一直是她的忠實讀者，讀遍了她大部分作品。這位氣質絕佳，中文優美的女生，為什麼當年連她都學不好英文？

　　當年，倘若張曼娟的英文程度很好的話，她可能不必繞過正常高中教育管道，而跑去唸五專——世界新專（雖然也沒什麼不好），畢業後插班東吳大學，一直念到博士，如今已是大學教授。

　　張曼娟在散文集《黃魚聽雷》寫道：「常常我在報紙或電視上看見那些上吊或者跳樓自殺的青少年，都有一種奇異的感覺，並不盡然是惋惜；也不只是旁觀的冷靜，而是一種劫後餘生的恍惚，我是一個倖存者。只有我自己知道，我的青少年時代是那麼不快樂，那麼百無聊賴，那麼時時刻刻的想尋死。高中聯考就在三個月之後，而我的一切造作將會被揭穿，我早起晚睡並沒能讓英文字彙增加；我跑到圖書館只是為了吹冷氣發呆，我是一個失敗者，根本一無是處。」

　　看到張曼娟這段文字，彷彿看到我自己。當年在學校，學不好英文，可是我真的很用功，我一點都不想放棄自己，而我也曾經「時時刻刻的想尋死」。連疼愛我的國文老師都搖頭不解：「為什麼一個語文程度不錯的學生，卻學不好英文呢？」

問題出在哪？回顧從前，我想，可能出在英文像數學，毫無感覺。引述台北市長馬英九的一句話：

「我不贊成用考試的方式學英文。」──轉載自2006年12月18日《聯合報》A16版講座〈星雲、馬英九談出世入世〉。

我如何從英文谷底翻身爬了起來？我沒有補過習，也沒有做過測驗題，只是學英文水到渠成，10個月後考了613分，這分數並沒有任何投機取巧，使我到了美國上大學，完全沒問題。反倒是我那些補習托福考高分的台灣同學，第一年無法自己抄筆記，還要借我的去影印。

時代不一樣了，倘若張曼娟和我，晚生20年，情況會比較好嗎？那為什麼我碰到的許多讀者，他們念台灣一流大學和研究所，或是英文系畢業生，為什麼他們的英文也不能達到「自由使用」的程度呢？

不知張曼娟現在的英文程度如何？若沒有學好英文，她會有遺憾嗎？

新托福，
改變全世界教英文的方式

以前，申請美國有名大學或研究所，規定托福成績一定要600分以上。這成績本來是很準很有效的——如果，每一個考生都是憑實力去考的話——有多少實力，就考多少分。

可惜，投機取巧，加上急欲速成的心態，許多人的托福成績考高分，並不見得是憑實力。我自己當然是憑實力，因為我既沒補過習，也沒做過測驗題，只是由淺入深，慢慢的念，一直念到出國時剛好夠用而已。

許多人學英文，學了這麼多年，英文程度一直不上不下，就算已去了國外留學、遊學，英文依然不夠用。有的人，一旦停下不學，很快就忘光光。第一個原因是沒有培養良好的自修習慣，一旦出了學校或補習班，就逐漸荒疏；第二個原因是，英文從來沒有學到可以「自由使用」的程度，無法享受英文，把英文當成生活娛樂，所以一旦停下來就節節退，退到全部忘光為止。

「舊托福」和「英檢」（中高級程度以下皆如此）都是「單向式」或「雙向式」報導或朗讀，較容易準備，但不一定能適應實際的英語生活情況。

　　許多人都有這經驗：當一個老外跟你講話，他會配合你；一群老外在講話，你卻插不上嘴，因為無法適應「多向式」英語。

　　我在美國碰到許多台灣人學了十年以上的英語，或舊托福考高分，到了美國卻要花半年至一年以上才能完全聽懂美國人說話。許多留學生，由於聽不太懂，以致於在美國很少跟老外互動，無法融入當地文化，只好成天跟台灣人在一起，失去了人生中一段最美好的異國體驗。原因歸咎於：在台灣聽的大部分都不是「正常英語」，而是慢速的「教室英語」。有的留學生，即使拿到了學位，卻依然聽不太懂正常英語，以致於說不流利。

　　「新托福」全面改變考試方式，官方說法是：就是為了改變全世界教英文的方式。避免考生只會補習猛背，或猛做測驗題，造成「高分低能」的窘境，只會「單向式」英語。「新托福」也特別強調聽力和口語，不再像舊托福那樣考題目式的文法，而是將文法直接融入說寫中，一如我個人的自修法。

　　練習「多向式」英語，讓你除了可以考高分外，也能在美國輕鬆上課，自助旅行時與世界各地人溝通，或者在職場上，做個溝通無障礙的國際人，不再有聽不懂各地人不同口音的窘境。

英文要好，什麼都要兼顧

　　學英文，沒有 magic（魔法），唯有 basic（基本功）。

　　英文要好，不只是要讀「英文」而已。各方面知識都要兼顧，要吃要喝要玩，也要廣泛閱讀各類書籍。雖然電視電影很好看，但都不及書本來得有深度，有廣度。

　　我記得前些年，曾經請幾位讀者幫我把國父紀念館設計人王大閎的採訪錄音帶「聽寫」下來。儘管內容是「國語」，但其中很多字，讀者依然沒辦法聽懂。比方說：「競圖」、「比圖」，牽涉到基本建築常識，許多建築在決定由哪個人設計時，都要先「比圖」，就像廣告界要「比稿」。

　　知識不夠廣泛，英文再怎麼學，也就是那個樣，難以突破，只在原地踏步。

　　很多人會拿我當年的「十個月」作為指標。但別人看不到的是，在此之前，我雖然不會英文，但從六歲上學識字開始，我看遍了家裡所有的雜誌和書報，也讀過大部分的世界名著中譯本。（因為住在鄉下，成天沒事幹，沒看電視，沒地方逛，也不曾去過任何地方。）

　　所以當我開始學英文時，很多單字對我來說根本不是單字，我一聽就知道。例如：馬克吐溫、紐澤西、萊特、蘇格蘭、歐姬芙……因為它們的發音跟中文太相近，而且我不只是聽得出，也懂得背後深遠的文化背景，這些都不是查字典能做到的。

　　廣泛閱讀中文和英文，是幫助我英文更好的因素。

MARK TWAIN
NEW JERSEY
FRANK LIOYD WRIGHT
SCOTLAND
GEORGIA O'KEEFFE

聽讀說寫，按部就班來

　　有個美國同學是摩門教徒，當年他高中一畢業，便到台灣來傳教，為期兩年。飛機降落中正機場的那一刻，他的中文程度是零。

　　兩年後，我在美國的大學和他同班，有回他在我背後說話，字正腔圓的國語，我還以為是台灣來的同學，回頭一看，原來是個老美，當場感到驚訝萬分。

　　這位朋友學國語的程序是這樣的：「聽、說、讀、寫」。

一切，從「聽」開始

　　他是從「聽」開始，才逐漸轉為「說」和「讀」。

　　他在台灣停留了兩年，天天實地磨練，果然練得一口極溜的華

語。

　　有次上課前，他在白板上寫 think（現在式） 和 thought（過去式），分析同一個「動詞」在中文句子裡有什麼差異。他的解說，讓我對他的中文理解力更加佩服。

　　　　Think　　想
　　　　Thought　　以為

　　　　I think she is a lesbian.　　我想她是個同性戀（相當肯定）
　　　　I thought she was a lesbian.　　我以為她是個同性戀（否定）

　　他的學習過程，猶如一個孩童，剛開始牙牙學語，並不知道自己在說什麼語言，也不知道用的是現在式或過去式，只是每天到處接受新語言的刺激，「聽」了又「聽」，到後來，自然而然就開口說話。

　　這就是身處在語言環境的情況下。

　　我們在台灣學英文，缺乏語言環境，「聽、讀、說、寫」其中的「說、讀」有時互相交叉運用。

　　很多人英文學不好，問題往往出在學習的順序弄顛倒，而且很辛苦。有些人很想學，一開始先從「讀、寫」下手，苦念了許多年，強記動詞變化，分析句子結構，死背文章猛啃文法，雖然很用功，可是卻事倍功半，英文永遠停留在不好不壞的程度。

要先會聽，才會說

　　有些人日夜苦讀，英文單字背了一大堆，卻不知如何用出來，或在什麼場合可以用。心裡明明知道要說什麼，但不知如何開口，也不知該如何表達。那種心情上的焦慮，相信不少人有深刻的體驗。

　　如果不能聽，光會說有何用？
　　如果聽不懂對方說什麼，你怎會知道，什麼時候該輪到你說？
　　所以，要先會聽，才有辦法開口說。

　　而會話可以找人練習，聽力則要自力救濟。
　　想要在補習班練好聽力，那是非常浪費錢的作法。聽力的進度應該完全掌握在自己手中，要有恆心，不可以兩天打漁、三天曬網。每天聽一小時，連續聽七天的效果，勝過於一天聽十小時，然後五天不去碰它。

　　我平常花在「聽」英文的時間，比「讀、說、寫」要多上數百倍，相當於9：1。如今，經常在翻書時，會發現我從來沒見過的生字，卻能理解它的含義，原來是早已不知在哪兒「聽」過。這樣的生字，因為先有了一點印象，所以背記下來毫不費力，而且歷久不忘。

　　我也從來沒有下苦工學文法，只是在「聽」的過程中，不知不覺養成「說」的習慣。一面說，一面就逐漸明白英文文法的結構，繼而能準確掌握典型的語法，在使用時，隨便代入新字和新句即可。

　　試問，每次開口說話或下筆為文時，總是信手拈來，哪有時間再去分析文法詞態。何況很多英文是習慣用語，聽久了，自然而然有感覺，有時根本沒什麼文法可言。

　　比方說：

You　stood　me　up！（你放我鴿子）

　　所以，學英文一定要學到滾瓜爛熟，而且要學到舉一反三的地步。最簡單而又快樂的方法就是：「聽」、「聽」、「聽」──一次又一次，「聽」了再「聽」。

聽熟了，連單字都會拼寫

　　英文，「聽」夠了、「聽」熟了以後，再去「讀」，然後是「說」，最後才是「寫」。至於光會「說」的，就像美國許多教育程度低的下級階層，他們會說英語，平日溝通完全沒有問題。教育學家卻把這群人歸類為 "illiterate"，即「文盲」之意。那些頂著一張老美的臉孔來台灣教英文的老外，不知道有多少人是「所謂的文盲」（so-called illiterate）？

　　「聽」，到底有多重要？以我自己為例，如果從沒「聽」過的單字，過一陣子，便容易忘記。多年來，我一直養成習慣，每晚臨睡前，總是打開音響聽英語有聲書，聽到睡著為止。英語有聲書是我的催眠曲。

　　英文是一種「語言」（language），顧名思義，不能光在紙上談兵。

　　而且，只要會「聽」，有99％的單字，一聽到就會拼，連其含義都會被「聽」了出來。偶爾有必要的話，再翻一下字典，便可以弄明白。等到會「聽」以後，再開始「跟述」，自然漸漸進入「說」和「讀」、「寫」的領域。

　　有些人平常很少「聽」英文，成天只拿著文法書猛K一番，既無趣又吃力，K到後來對英文倒盡胃口。除了能應付學校的考試外，又有何用？

※數數看，這篇文章有多少個「聽」？
※如果每一篇英文都能「聽」上這麼多遍的話，英文怎會學不好呢？

英文思維&中文思維

　　說英語，為什麼你會把男生（he）和女生（she）搞不清？說穿了，這都是中文思維在做怪。

　　中文和英文的語法，本來就不同。

　　例如：名利雙收，英文則顛倒過來：rich and famous.

　　有個讀者在一級政府單位任職，他說該單位長期聘請一位老外為同仁修改英文稿，有時候，老外無論怎麼研判，還是弄不清這篇英文書信到底在寫什麼，以致無從動筆修改。

　　幸好，他娶了台灣老婆。每次他把書信拿回家給老婆看，老婆先用中文一個個字翻譯，然後再兜起來，用英文解釋給老外聽，終於弄明白了。

　　要避免中文思維，常聽，比常看更有效。因為常聽，對語法會自動產生直覺和語感，說和寫，想都不必想。

假留英、假留美、假留澳

　　這幾年來，我碰到一大票留學英、美、加、澳回來的讀者，儘管在國外念了書，學校考試混過了，當然也拿到學位，但英文程度依然不佳。

　　這問題值得深思：為什麼到國外念書兩年，英文沒有變好呢？

　　看樣子，拿學位好像並不難，只要會讀會寫，不管私底下花了多少時間查字典，或花了多少錢僱老外修改報告論文，這一關總是會過的。

　　經過多次了解，我漸漸明白。他們出國前，聽力很差，出了國以後也沒什麼機會提升，跟老外說話一臉茫然，人家當然沒有義務陪你練英文。

　　事情往往惡性循環，當你跟老外雞同鴨講，便把生活重心轉向自己人，於是在國外，台灣人自成一個小圈子，彼此在一起覺得最自在。

　　而今進入職場，跟外國廠商開會，兩小時的會議往往開到五小時，因為中間不斷有人說：Pardon! Sorry!

　　讓老外一講冉講，還是聽不太懂。

公司裡的資深同事忍不住調侃道：「你們這堆『假留美』、『假留英』、『假留澳』、『假留加』的，英文到底是怎麼學的？」

　　一位從澳洲留學回來的，他是全公司公認最會講，也最敢講英語。但他心裡明白，因為聽力差，所以他能「說」其實是因為「敢」，膽子大，臉皮厚。但他不知道自己究竟說得對不對。當老外問他「東」，他卻答「西」，常常答非所問。

　　直到幾個月前，同一外國廠商不耐煩了，當著全公司的人面前問他：Do you speak English?

　　他回答：Yes, I do.

　　沒想到這老外竟不屑的說：I don't think so.

　　當著台灣公司眾多同仁面前，他顏面掃地，跟我講話時語氣激動，因為他知道不能再打混了，就是要從頭好好學起。

　　為什麼他講的英語，老外卻聽不懂？

　　我跟他檢討了幾次，原來他說的是所謂的「中式英文」，比方說：

　　"Please go to gate no. 3."（請前往三號登機口）

　　他卻用中文思維，說出："Please go to 3 no. gate." 結果，老外往往聽得不知所云。

　　※說來不可思議，過了三個月再見到他，發現這個留澳生的英語越來越好，而且咬字清晰，反應快，明明頗具語言天賦。可是，為何之前的英文這麼差呢？我想，最大的癥結就在聽力太差。

小一不能念小六

小一唸小六，欲速則不達。初級程度看英文報紙，結果呢？

學英文，一定要由淺入深，循序漸進，不然就是在浪費時間，浪費青春，浪費生命。

Time 雜誌固然不錯，*New York Time* 報紙也很好，但如果你沒那程度，就是在填鴨。

有一次，上一位超人氣作家的廣播節目，他說學英文十年，當初是從最難的開始學，以致於念得非常辛苦。我沒有問他的英文程度如何，只回答：「這種學習法，大概只有你這種超人氣作家才做得到！」我沒辦法做到，一般人也不可能。

聽與說，現場見真章

我提倡的「聽」英文，不只是聽而已，而是以「聽」入門，先會聽，經常練習「跟述」，自然熟悉句型和文法，然後就會「說」，也會「寫」。尤其「聽、說」最重要。「讀、寫」都可以在私底下查字典，花時間慢慢做；但「聽、說」，往往是現場見真章，根本沒有時間準備。

我因為從小欠栽培，起跑點較晚，直到上了小學才識字。但因為很喜歡到處閱讀，家裡只要有字的紙就拿來看，到了小二，我已經能看《聯合報》和《中國時報》。小小年紀，我自以為這樣的中文已經足夠了，便信心十足地取下書架上那本祖父或爸爸留下的《水滸傳》，這下子踢到鐵板。從頭到尾，幾乎看不太懂，大受挫折，直到今天，我都沒有讀過《水滸傳》。

學英文也是一樣，一開始念太難的，結果是念不下去。

學英文，不是一天兩天或兩三個月的事，而是終生學習，如果不能從中找到樂趣，學習就容易中斷，學不下去。一般人不要太高估自己，認清現實，確實把基礎打好。每一過程中都可看到進步，這才是最重要的。

反過來說，今天一個小一生，剛學會一點點國字，你就叫他天天看報紙，結果呢？

在高雄一所國小任教的Telemann老師的心得：「以我多年觀察的經驗，頗像『處處碰壁』。班上的圖書，以繪本書最愛歡迎（當然是中文的啦），字比圖多的，他們就不愛看了。因為念出來，還不一定知道意思。每週兩次的升旗典禮，就是聽這些小孩在唱火星歌：蝦米注意，無膽失蹤，已見名狗，已進大桶……」

學英文，裡子比面子重要

以下是台大政研所讀者 Sasha 的感想：

「自從認識了成寒姐，英文現在已經讓我的生活產生不小的變化。

以前的我是個電視兒童，韓劇港劇電視影集，無所不看。整天坐在電視機前面，每齣劇情倒背如流。

但是，現在我一天幾乎看不到一個小時的電視，除了弄學校的事情外，其餘的時間都是用來看英文聽英文。我一天花上兩個小時來閱讀英文小說，尤其是英美兒童讀的經典小說和兒童文學。因為符合自己的程度，自己很明顯的發現閱讀的速度越來越快。

在過程中，我很少翻查字典，只要單字不影響文意的理解，我就不去查。

大量的閱讀與接觸，擴充深度與廣度，對於了解西方文化也很有幫助。感謝成寒姐帶領我進入英文的世界，真正喜歡上英文。現在整天抱著小說不忍釋手，這種真正投入學習的熱忱，已經很久沒發生在我身上了——在學校都是用分數來肯定自己。

我之所以現在在看青少年小說，就是因為之前買了成人小說，厚厚一本，全都是生字。光是第一頁就看很久，挫折感很大，所以改看青少年小說。

至於如何挑選童書，我有兩種方式：

一是上amazon.com網站瀏覽現在國外比較流行的兒童讀物，然後進入各書籍介紹的頁面，Product Details會寫這本書適合哪個年齡層的讀者閱讀。

例如： Reading level：Ages 9-12。

書籍的照片上面，如果有寫 Search inside，只要點選一下，就可以閱讀書的封面、封底和前面幾頁。

按照成寒姐教的方法，看看每頁不認識的單字是否在十個以內，如果是的話，就是適合自己的程度。若喜歡這本書的話，可以到英文書店購買，或是上網訂購。

到書店裡就更方便了，直接往童書區走，看青少年小說那一類。這類小說有時會配一點插圖，不懂還可以看圖猜。故事性豐富，再按照成寒姐的方法先讀個幾頁，看看是否適合自己。

我覺得，千萬不要因為看的是青少年小說（Young Adult），就覺得丟臉。

我說我正在看英文小說，如《清秀佳人》、《祕密花園》、《安徒生童話》這些書，我朋友和同學都覺得很怪，明明已經是成人了，居然還在看童書。他們認為看英文小說就是要看珍‧奧斯汀之類的才算數。但是我捫心自問，就是看不懂啊，當然要從看得懂的看起。

我認為：「學英文，裡子比面子重要。」

英文文法，習慣成自然

　　學英文，不要花太多時間鑽研文法。

　　天天K文法，枯躁又乏味。我很佩服有人捧著文法書從頭啃到尾，把所有詞性摸得一清二楚，倒背如流。我自己是絕對做不到的，每看一頁文法，就打一下午的盹，總是沒耐心讀完它。直到後來，聽完許多英語有聲書後，我才拿出兩本簡易文法書，從頭到尾仔細翻一遍，一看立刻就明白。然後試做書上的習題，也能夠輕易作答。少數模糊的部分，多看兩遍就夠了。

　　大文豪歌德曾經說過：「文法只不過是一種武斷的規則：那些規則荒唐可笑，因為規則本身有許多例外的情況。除了規則以外，還有這些例外需要學習。」

　　我翻譯《林徽音與梁思成──一對探索中國建築的伴侶》期間，曾向住在北京的林徽音之子梁從誡請益。他表示對大陸簡體版譯本甚不滿意，錯誤累篇。尤其是一些關鍵的地方，意思甚至完全相反。舉個例子：「她（林徽音）很氣梅蘭芳，因為有她在場時梅蘭芳從來不敢坐下⋯⋯」

　　我對照了一下，費慰梅的原文寫道：She was mad at 梅蘭芳。問題就在這兒，大陸譯者可能把mad at當成 mad about，所以錯譯成「她很喜歡梅蘭芳……」

　　at 和 about，這兩個介系詞，到底有什麼分別？文法書上究竟是怎麼說的？我完全不知道。我只知道這是習慣片語，一看或一聽就明白，連想都不必想。

　　英文文法，應該是習慣成自然，聽多讀多，對語法自然有直覺。

　　你想想看，我們開口說話時，哪有時間再去分析文法？

　　唯一非背不可的文法是：動詞時態，包括現在式、過去式、過去分詞。這個部分，一定要好好背下，不能偷懶。當文章裡出現這些字的過去式、過去分詞時，你才不會誤以為又是一個新的生字。鬧出「鳳凰玫瑰……」（The Phoenix rose from the ashes.）的笑話。

　　建議：文法書，每天看一兩頁，澄清一些文法概念。重要的是，英文本身，多看、多聽、多跟述。

有 Input，才有 Output

　　一個朋友在台北市某公家單位上班，本身在國內拿到碩士學位。最近，單位提供給每位同仁四萬元，聘請外籍英語老師，一對一上課。

　　原是很好的學習機會，未料，上到第三堂課，朋友打電話問我：「怎麼辦？能講的話，全講光了。我現在跟外籍老師，一對一，相對兩無言。」

　　我一聽就說：「真是羨慕你！可惜，你的 Input 不夠，光請老外來教，恐怕也 Output 不出什麼東西來。」

　　而且，我有點惱火。

　　過去幾年來，他三不五時就打電話給我，詢問學英文相關問題。我很有耐心跟他說，舉各種學習及勵志的例子。有時候，一講就是一個鐘頭。結果呢？他從來沒有真正下決心，努力去學習。想歸想，做歸做，彷彿只要跟我聊天，英文就會自動變好似的。

　　這次也是一樣。每個人四萬元，天啊！這是許多人一個月的薪水，就這樣丟到大海去，這是什麼公家單位，如此浪費納稅人的血汗錢！

　　讀者Mavis買了英語有聲書，但一直都是用聽的，其他功課都沒做。直到最近開始如實的按著我規定的步驟聽10遍以上，然後做克漏字，背生字，最後跟述。

　　在乖乖的「跟述」完一整本英語有聲書後，很神奇的發現一件事，她竟然可以不看書，用英文把這故事描述出來，當然寫出來的幾乎是書裡的單字和句子，即使是這樣，對她來說，仍是不可思議的。

　　25歲的她一直很困擾，始終無法用英文去表達一件事，例如最簡單的自我介紹，她總要翻著書，看著範例去寫。

　　而今，她終於了解我說的，Input 不夠多，又如何 Output 呢？

※　　　　　　※　　　　　　※

　　我曾經在網站上提到另一讀者Telemann的例子，她可以把《躺著學英文2──青春‧英語‧向前行》所附的CD重複聽一百次，Mavis 顯然大受刺激。她在我網站上寫道：

　　「我又有什麼理由做不到呢？

　　也許，我不是笨；

　　也許，我不是沒有英文天分；

　　而是我沒有下定決心不斷去重複它……」

　　所以，她發現自己在跟述完一整本有聲書，竟然可以不看原文，用英文寫出故事的大意，那種心情很不可思議。

營造全面英語的環境

　　經常聽到有人英文學不好，抱怨一大堆。

　　有人怪環境不好：「台灣沒有英文環境，所以英文學不好。」

　　說這話的人，不知道有沒有長期住在美加地區？當地有多少中國人的英文程度不佳？

　　英文是要學的，並不是喝喝當地的水就會了。

　　剛開始學英文的那個寒假，我發揮了平生最大的毅力，把握每天所能利用的時間，每週七天，每天24小時，除了到學校上課以外，全天候展開搶救英文大行動。就算到學校上課，我也在底下偷偷背生字。

　　我的作法很簡單，即營造全面的英語學習環境。

　　首先，我將所有的教材一一擺在屋子裡看得見的架子上，隨處可見，盡是英文書籍和錄音帶（以前沒有CD）。

　　接著，在家裡的每個角落擺放數台錄放音機（以前還沒有CD唱盤），換作今天寬頻的時代，還可添上MP3、電腦、iPod、家庭劇院音響——讓臥室、客廳、廚房、廁所和陽台，「英」影幢幢，無處不在。

　　每當我走到屋子的任一角落，無論是摺衣服、上廁所、休息，或削水果、吃飯時，隨時按下放音鍵，讓純正的英語縈繞耳際。只有沐浴的時候例外，因為水聲嘩嘩響，可能聽不太真切。

　　每聽半小時或一個鐘頭，我總讓自己的耳朵休息15分鐘，閱讀中英文書報雜誌，放鬆自己。

　　我從音標開始讀起，聽錄音帶，只花半天就學會了音標。然而，後來我聽多了英語，自然就會發音，所以也很少去查音標，久而久之，幾乎把音標忘得差不多了。奇怪，這麼簡單，但過去那麼多年，我居然都學不會？我恍然大悟，原來過去我學的是「無聲英語」，怪不得怎麼學也學不好。

　　那段期間，我一共買了數百盤錄音帶，由簡單到難的，大部分都是故事，尤其情節逼真、具背景音效的廣播劇，內容生動有趣，吊人胃口。

　　為什麼一次要買這麼多？因為我是自修，沒有人幫我挑教材，我不知道究竟哪一種教材適合我。這些教材花了好幾萬台幣，有人可能覺得很貴，實際上，比起上補習班便宜多了。我很納悶，有些人捨得繳昂貴的補習費，或花幾十萬去國外遊學，卻捨不得花區區小錢買教材。

　　當然，我的程度不好，一開始只能挑簡易的來聽，可能是美國幼兒聽的，先把難度高的丟到一邊。過一陣子再回頭聽，竟發現難度高的教材已變得比較簡單，容易念。所以，我每一兩個禮拜，隨時調整進度，很快從幼稚園念到小一，從小學生念到國中生，一級又一級往上升。

每隔兩個小時，我一定抓緊時間背新的生字，或複習舊的。我規定自己，每天至少背四、五十個單字。一個寒假，就足足背了一千個單字。

我沒有去補習，一方面是想自己念比較有系統，可隨時依自己的步調（pace）調整進度，另一方面，我不必擔心在眾人面前說錯了難為情。隨時隨地，只要抓到幾分鐘，就按下放音鍵，溫習一下，不必出門，不必再花錢，就像請了一位24小時家庭教師。

每天15個小時，我幾乎足不出戶。

這樣的情形，一直持續到開學以後，為了功課，只好把學習時間縮短。可是，我沒有一天間斷，即使再懶，我也有懶人的方法學英文。我的英文程度遽增，高二升高三的暑假，第一次報考托福，我拿到523分，聽力只差兩題就滿分。距離我開始學英文，還不到半年。學了十個月，又去考生平最後一次托福，這次不僅總分超過600，而且聽力拿了滿分，顯然「聽」、「聽」、「聽」，真的聽出效果來。

而本來的我，英文只停留在零起點，連發音都不會。

我的心得：即使是住在美國，除非有去上學或上班，否則也很難有全天候的英語環境。

　　有個女友是靜宜大學數學系第一名畢業，陪先生在美國修博士，成天說不到半句英語，待了十年，居然連電視節目都看不懂。而我在台灣自己的家裡，24小時隨時隨地都在學習、複習。

　　即使到今天，我的音響隨時等在一旁，電腦也終日守候，只要一有空，我就抓點英文來聽聽。因為喜歡，所以成了享受。

　　建議買一台DVD player，加上兩個喇叭，不用裝螢幕，可以聽電影，反覆地聽，效果更佳。

　　學英語，靠自己。英語環境，也要靠自己來營造。

學英文，學上了癮

　　我真正學英文，只有不到一年的時間，從17歲寒假到次年上學期末，考完了托福，申請好美國大學，就再也沒有真正學過英文。也就是說：17歲以後，我永遠不再「學」英文。

　　英文，只是我的日常消遣，我的生活娛樂。

　　我的感想是，英文只要學到能夠「自由使用」的程度，以後就是不斷使用及反覆接觸，程度日漸加深。最重要的是，英文，一定要學到某種程度，你才可能隨心所欲地使用它。

　　回想起來，在學習英文的過程中，我從來沒有痛苦過。有辛苦，但不痛苦——如果痛苦的話，大概早就放棄了。

　　我學英文的方法可能跟別人有點不太一樣，我專挑容易入門的方法下手，以輕鬆愉快的方式學習。坊間的英文學習書，我買回去其實很少閱讀（試問，你家書櫃裡的英文學習書，你從頭到尾讀完的有幾本？）。我挑了兩本簡單的文法書，在聽英文幾個月後，把書裡的測驗題一一做完，觀念不清的部分仔細看，如此而已。至於寫得頭頭是道，以艱澀的中文術語來解釋文法，我越看頭越痛。那英文句子明明一看就懂，但中文術語卻讓我越看越糊塗。

　　舉個例子來說吧，曾經有讀者在我留言版問：That's so nice of you. 為什麼要用 of？

　　竟然有讀者上去回答，為什麼為什麼為什麼，所以要用 of。

　　我看得一頭霧水。一個 of 竟然可以衍生出這麼大的學問，令我佩服不已。可是，這句話，電影裡頭老是出現，聽聽就會，何必解釋這麼多呢？人說話時，哪有時間想這麼多文法？

　　我以聽故事的方式學英文，而且是好聽的英語有聲書，常常為了知道結局，多聽幾遍，彷彿沉溺其中（有多少人，在初學階段就迷戀上英文？）。學英文就像吟詩、說故事，讓英文成為好玩的嗜好，一旦上了癮（addicted to English），怎麼戒也戒不掉。台東縣成功商業水產學校的一位女老師告訴我，她自謙英文本來不太好，也無從救起，但自從讀過《躺著學英文》，她對英文越來越有「感覺」，因為有了感覺，就很想再念下去。

　　當然，英文也就越來越好囉！

《綠野仙蹤》，非念不可

　　昨晚，我和一個從小在南非長大的年輕媽媽用餐。她是南非父親和印度母親的混血，皮膚比一般印度人白。

　　五年前，她在南非和一台灣人結婚，移居台灣。

　　用餐中，她突然談起她的台灣婆婆，一股幽怨油然升起。她說台灣婆婆好像把兒子當成自己的財產，把媳婦當作是外人。說著說著，她竟如此形容她婆婆：

"She is the wicked witch of the East."

我一聽，這不就是《綠野仙蹤》的東方女巫嗎？原來，連南非人也讀這本美國兒童經典童書。

※　　　　　　※　　　　　　※

6月間，我飛到溫哥華，朋友陪我參加Gray Line Tour，遊花草遍布的維多利亞島。巴士開進布查花園（Butchart Garden）停車場，加拿大籍司機兼導遊對著全車數十名遊客（各國籍皆有：印度、法國、西班牙、美國……），指著旁邊的紅磚道說：

"Just follow the yellow brick road. The Land of Oz will be down the way."

他的意思是：沿著「紅磚道」走去，就可以走到花園的入口（entrance），但他偏說成《綠野仙蹤》一書裡著名的「黃磚道」（yellow brick road）和「奧茲國」（the Land of Oz）。不知道車上的觀光客，究竟有多少人聽懂他在說些什麼？

※　　　　　　※　　　　　　※

正在師大念書的讀者 Limit 看完電影《真愛來找碴》（Nurse Betty），在我的留言板貼了以下留言：

有一幕情節，女主角和 pub 的老闆娘對話。

女主角說：「這是我第一次離開堪薩斯州來到這裡。」

老闆娘回答：「妳真是十分單純。」

雖然看的是中文字幕，不知為什麼我的耳朵聽到 Dorothy，立刻請朋友幫我倒帶回去那一幕，仔細一聽，原來老闆娘說的是 "I should call you Dorothy."（我應該叫你桃樂絲。）

最近我在看一本英語學習雜誌，有一個句子這樣寫：

"I feel like Dorothy entering Oz."

作者用桃樂絲初到奧茲王國，比喻她初抵南極洲的感受。

《綠野仙蹤》實在是太經典了！

　　　　　※　　　　　　　※　　　　　　　※

電影《檔上富家女》（Uptown Girl），大女孩帶著小女孩來到康尼島遊樂場，女主角布蘭妮·墨菲向小女孩說：

"It's like passing through the gates before you can get into the 'Emerald City'."

（就像進入翡翠城之前，你要先通過大門。）

Emerald City 是《綠

野仙蹤》裡的「翡翠城」。

※　　　　　※　　　　　※

電視影集《整形春秋》（Nip/Tuck）第一季，女按摩師喚男醫生："scarecrow（稻草人）"。

另一人立刻接口：「你該換腦袋了。」

若沒讀過《綠野仙蹤》，你可能不知道為什麼要這樣說。

※　　　　　※　　　　　※

讀者 Sasha 的留言：

剛剛在看電視上播出的美國真人實境節目《誰是接班人》（The Apprentice），節目剛播出不到五分鐘，一位參賽者就說：

"They welcome them like munchkin in *the Wonderful Wizard of Oz*.'Ding, dong, the witch is dead?'I don't think so."

經典真是無處不在！

※　　　　　※　　　　　※

讀者 Kate 寫道：

嗯嗯，留意 Oz 後。真的發現經典無所不在。

最近看丹‧布朗《天使&魔鬼》（Angels & Demons），男主角引用了兩次《綠野仙蹤》：

　　1. "My God," he thought. "I'm in the land of Oz."

　　2. "I'm in Oz," he thought. "And I forgot my magic slippers."

　　哈，果然不能小看經典故事的力量。

　　　　　　　※　　　　　　　　　※　　　　　　　　　※

　　我在更多部電影裡都有聽到《綠野仙蹤》，例如：湯姆漢克斯、布魯斯威利主演的《走夜路的男人》（Bonfire of the Vanities）；以《雷之心靈傳奇》獲奧斯卡獎的黑人影帝傑米福克斯主演的《手到擒來》（Bait）；方基墨主演的《斯巴達人》（Spartan）；西恩潘主演的《他不笨，他是我爸爸》（I am Sam）也都有引述。

再也不要學英文了

我17歲之後，沒有再學過英文。那你呢？

英文不能只學一半，就像大學一定要念到畢業，不然就白念了

學英文，要一口氣學到能「自由使用」為止。可惜台灣的學生太功利。比方說：打算去留學的，往往到最後一年，為了考托福才開始念英文，可是已經來不及，只好趕緊去補習填鴨。

實際上，學英文要由淺入深，經過一段時間才能真正「內化」。而不是等到要出國前，或要考試前才拼命念，平常就應該很有規律的學習。

有天晚上我辦讀友會，一個女讀者當著我的面，下定決心，以後不要再「學」英文了。

她打算再努力最後半年，把該念的教材全部念完，然後，就再也不要「學」英文了。因為過去那麼多年的青春全「耗」在英文上頭，犧牲了多少好玩的，想來真是折騰啊！

我想起自己當年卯足了勁念英文，一刻也不停歇，就是為了將來不想還在「學」英文，所以一口氣給它學到底。

17歲之後，我就再也沒有「學」過英文了。我只是「自由使用」英文而已，把英文當成日常工具罷了。

我看到好多人學英文，至少學10年以上。朋友的爸爸，從年輕的時候學到現在六十幾歲，學了數十年，而他的英文程度依然有限，不能直接享受英文。除了會寫很簡單的英文書信，不能聽也不能說。因為他只習慣一種雜誌的聲音，其他都聽不太懂，也不想試著去聽懂。

十幾年前我還滿佩服他的認真，但現在覺得他真是頑固，不知變通，嘗試不同的學習方式。跟他說他也不肯聽，我送給他的幾本《成寒英語有聲書》，他聽起來所有的聲音全糊成一片；故事裡的背景聲音，他聽來像是一團雜音。可是，現實世界裡，誰會一直在錄音室裡說話？

難以想像，如果我到現在還在「學」英文，每天花兩三小時在那兒背生字、查字典，別的事都沒辦法做了，這是多麼大的犧牲呀！

你還在「學」英文嗎？

如果你是拖拖拉拉型的，學了停，停了學，停停學學，沒完沒了，我勸你現在就不要學了，因為拖來拖去，一輩子都在學，真的好折騰啊！

Part-2

背生字

要背，就要背有意義的生字

你所背的單字，要從你正在聽或看的內容中挑出，這個字才跟你有革命情感。最好是有聲書裡的單字，有聲音，容易記。尤其是有上下文參照，你更可以知道這個單字的用法，而非死背孤零零的單字而已。

有時候，我會聽到讀者誇耀自己辛苦背完整整兩大本單字書。了不起，我打從心底佩服。然而，過了兩年，我問他那兩本厚厚的單字書，還記得多少？他搖搖頭。

別人挑的生字，跟你有什麼關係？如同，別人挑的男朋友或女朋友，干你何事？

許多讀者都告訴我，單字書枯燥乏味，背了兩頁就再也背不下去。

聽聲辨字

聽聲辨字，首先，一定要「聽清楚」那個單字的音。先大聲念出那個單字，然後再根據「聲音」試著拼出那個字，若拼不出來，就去翻「紙本字典」，一頁頁試著翻出那個單字來。通常找到那個字時，由上下文推，你大概可以判斷是否正確。

聽聲辨字，一天平均挑三個字來做，每次辨超過三分鐘，辨不出來，或字典裡找不出那個單字，就算了。雖然沒有成功，但無形中已培養辨識英文「字」與「聲音」之間的連結。

我看到朋友考小孩單字，朋友居然先把單字說出聲音，然後叫她女兒拼字。

我跟她說，她女兒一定要自己記住那個音才行，而不是別人說了她才拼字。通常有了聲音，再加上一些聽聲辨字的能力，許多字就能馬上拼出來（朋友先說出來，等於是洩露答案）。

聽聲辨字，耳朵一定要能把「字的聲音」聽得很清楚，才可能「辨」得正確。

那天跟朋友看電影《戰略迷魂》(The Manchuarian Candidate)，

朋友把「黃鼠狼」（weasel）聽成「柳樹」（willow），意思相距甚遠。因此練聽力，一定要努力練到能夠分辨細微之別。

如果你的聽力夠好，大部分的單字都可以「聽聲辨字」，不必再辛苦死背。但想要擁有99%的「聽聲辨字」能力，勢必要付出一些努力做基礎，並非憑空而來。

例如：like 喜歡。

背了這個字，以後你只要聽到聲音就會拼 bike（單車）、hike（健行）、Mike（麥克）、dike（堤防）。也就是說，如果經常聽英語，對字的聲音很熟悉，一旦背了一兩個單字，其他一連串就會從天上掉下來。

背生字，越短越好

　　為了投機取巧，也因為懶惰，我總是挑短一點、容易記的生字來背。每過一段時間，計算一下，到底又背了多少個字。我的生字簿如同存摺，背越多存越多，頗有成就感。

　　其實，很多冗長的生字都是短的單字湊起來，只要背了 hand 和 writing 兩字，「手跡、筆跡」（handwriting）便手到擒來。

　　用「遞減背誦法」，有規律的背，大約半年我就開始撕頁，絕不吝惜。看著生字簿越來越薄，到最後只剩下封面，只好又換一本新的。而撕掉的部分，已化為無形的資產，存放在我的英文能力寶庫裡。我大部分背過的生字，甚至永生難忘。

　　直到現在，我還記得17歲時背過的所有生字和片語。而，背生字沒有收到成效，多半是一曝十寒。

　　如果今天興致來了，一口氣背十遍，下回卻又等到三個月以後再背，這些生字對我們而言便永遠「陌生」，想背它，都要重頭再來。正如人和人的交往，剛開始必須經常溝通來往，你想要熟悉生字，自然要經常和它打交道，等「感情基礎」培養得差不多，三不五時問候一番就行。

遞減背誦法

　　除非你天生具有「過目不忘」（photographic memory）的工夫，否則的話，學英文就是要重複、重複、再重複。

　　因為英文單字和片語並不是看一遍、兩遍，就能夠永遠記住。

　　要永遠記住一個生字或片語的唯一訣竅，就是：反覆背誦。

　　我的方法很簡單：準備一本有橫格的小冊子，每頁可填上八、九個英文單字或片語，每個單字或片語之間空一行，看得比較清楚。一頁的生字不能太多，以免無法負荷；太少了，又收不到永久記憶的效果。

　　讀者 Audrey 在淡江大學念書，她修了一門心理學課程，在我的留言版寫道：「心理學上有說：人的記憶單位是七到九。」證實我當初自己瞎打誤撞，想出來的生字簿格式，竟然符合心理學說。

　　從紙的中央劃分兩邊，一邊填中文，一邊填英文。另加劃幾行（相當於16或18格），為了登記日期。

　　每次，我遮住中文或英文的一邊，先大聲說出那個字，再把一個個字母背出來，如果整頁全答對，就在小格了裡寫上一個日期，表示

amiable	1/16	1/29	厚道的；可親的
	1/16	2/02	
affable	1/16	2/08	易親近的；和藹可親的
	1/16	2/15	
benign	1/16	2/23	親切的；仁慈的
	1/17	3/04	
complaisant	1/17	3/14	柔順的；殷勤的
	1/17	3/25	
sullen	1/17	4/06	繃著臉的；不高興的
	1/18	4/19	
surly	1/18	5/03	乖戾的；壞脾氣的
	1/18	5/18	
dour	1/19	6/03	陰鬱的；嚴厲的
	1/19	7/20	
malign	1/20	8/07	邪惡的；惡意的
	1/21	8/26	
concordant	1/24	9/14	和諧的；一致的
	1/28		

今天又背了一遍。寫日期時，我總是安慰自己，又存入一筆款。看著數字逐漸增加，激發我更投入背生字。

遞減背誦法

有效背生字，除了反覆背誦，還要採「遞減背誦法」。

新的生字，我第一天至少背五遍，第二天背四遍，第三天背三遍，依序遞減，將短期記憶逐漸拉為長期記憶。

到後來，每隔一天、兩天、五天、兩個星期……一個月、兩個月才背上一遍，把時間的距離越拉越長，等差不多過了半年，小格子裡差不多填滿了日期。我再複習一遍，如果沒問題的話，便大功告成。把這一頁紙撕掉，從此不必再背，因為這些生字已牢牢記在我的腦海裡。

長期記憶&短期記憶

為什麼以前我學英文，每一頁生字，我第一天要背五次？

因為我一天要背50個單字，所以才要複習五遍。

如果每天只背30個單字，我可能第一天只背三遍。

　　每背了一頁，約八或九個字，我就回去複習今天剛背完的上一頁。每背一頁新的，就複習前面舊的，這樣才不會背了新的，忘了舊的。

　　可是每次複習，因為記憶猶新，所以速度超快的，每頁平均花不到30秒鐘。因此，一天背50個字，就複習了五遍。倘若拖太久才去複習，早就忘得一乾二淨，只好重頭再來，反而更浪費時間。

　　但第二天以後就開始遞減，越來越少遍。

　　有些讀者，因為每天複習都很成功，全部都記得，就以為從此再也不會忘記，便在兩個星期後停止複習。結果，過了一兩個月回頭檢驗，發現大部分都忘了，徒呼負負。

　　我告訴他們，「遞減背誦法」雖然是個笨方法，但在你們沒有找到更偉大的方法之前，還是聽我的話。我用這個方法非常有效，當然，我可能是比較笨吧！也可能是擔心自己快記快忘，為了保險起見，有規律的多背幾遍。但是，你們有些人也不見得比我聰明，既然有效果，就老老實實去做吧。高雄的 Demi 老師教她的學生背學校考試範圍的單字，也用同樣的方法，結果單字部分考了滿分。

　　雖然，當年我用這種笨工夫「**遞減背誦法**」，一遍又一遍的複習，可是我在不到一年內，背了近一萬個字，幾乎一個字也沒忘。

　　而且17歲之後，我再也沒有背過生字，99%都可以聽聲辨字，靠的就是當年累積下來的基本功，把短期記憶拉為長期記憶。

※請問您背過的單字，已忘了多少？

聽力佳，背生字如火箭速度

聽力佳，讓你的字彙增加速度如火箭升空。

所謂的「聽力佳」，是指能像英美人士一樣，無論何時何地或看任何電影，你都可以理解95%以上，在很快的聲音速度中，甚至連不認識的單字，耳朵也能夠輕易抓出來，依上下文推敲，一聽就懂也會拼。

舉個簡單的例子，我在電視影集《整形春秋》（Nip/Tuck）第二季，聽到女主角得到「帶狀泡疹」，我清楚聽到那個發音，而因為我本來就會 single（單身）這個字，所以一聽到「帶狀泡疹」的英文發音，我很自然就能拼出 shingles，彷彿天上掉下來，得來全不費工夫。加上這個字有上下文連結，很容易就懂了，而且也知道如何使用。

問題是，許多人的聽力真的沒有好到可以隨意從一大串「正常速度英語」中抓出「新單字」的能力。這就是為什麼我在17歲之後，從來沒有再背過任何單字的原因。因為我99%一聽到就會拼寫。

對了，新單字若要㊤從天上掉下來，你必須先認真背熟約一萬字左右。背的方法，絕對不是從別人編的單字書直接背（別人挑出的單字，跟你有什麼關係？）。你背的單字，一定要從你正在聽的有聲書裡挑出來，因為有了上下文，你也比較知道這個字的用法，這個字因此跟你有了革命情感。而且要挑出「聲音已聽得很熟」的，這樣一背就會，很難忘記。當然，一定要有規律的複習，我用的是**遞減背誦法**，只要有規律的複習半年，幾乎永遠都不會忘記。

比方說，如果你自己從有聲書裡挑出單字，曾經背過 bike、hike 的話，以後一聽到荷蘭為了防海水倒灌所建的「堤防」，你一聽就會拼出 dike。而因為有上下文的關係，如果這段話對你而言，生字不多的話，通常你也可以猜出 dike 的意思。理解力，跟認知能力有關，有時是從生活經驗，加上平時從閱讀或看電視累積的知識而來。小孩學英文比較慢，就是因為認知能力不夠，可能會以為 Congo（剛果）是水果的一種。

一回生，兩回熟，三回做朋友

　　我17歲以後不曾再學過英文，沒有再背過任何單字，可是我的字彙量依然不斷增加。這話並非吹牛，也不是有什麼奇蹟發生。

　　因我信奉哲理：「一回生，兩回熟，三回做朋友。」

　　舉個例子，6月間我去了溫哥華，在水族館裡初次見到全世界行動最緩慢的動物──樹懶（sloth），當場把這個字多念了兩三遍。以我現在的年紀，常常把剛見過面的人名字給忘記，又怎會記住"sloth"呢？

　　──一回生。

　　真巧，回到台灣兩個月，無意中看了一部動畫片《冰河歷險記》（Ice Age），故事裡的主角就是一隻"sloth"。

　　──二回熟。

　　此刻，正在寫這本書，我又想起了"sloth"，於是寫入書中。

　　──三回做朋友。

　　一回生，兩回熟，三回做朋友。英文光是死背，還是會忘。但經過三個不同場合，不同時空，三度相見，這個單字已深深「內化」，這輩子再也忘不了。

聽力，第一階段最難

　　並不是背了單字，你就能聽懂。許多人發現自己，用「看」的，每個字都懂；但用「聽」的，卻聽不懂。

　　因為「聽」，不僅牽涉到字彙量，且與快速理解力有關。用「看」的，可以停下來慢慢推敲，但「聽」，卻是想都來不及想，更不可能有時間在腦中翻譯成中文。聽，就是直接輸入。

　　第一階段，就是把所有你已認識的英文單字聽出來。

　　然而，因為不熟悉「口音」、「語調」及「速度」，加上本身耳朵「含混不清」，所以，許多人往往在第一階段就放棄了。

　　許多人來不及逼出自己的潛力，就宣告投降，重回老方法，先看內文，分析句子，最後才去聽。自以為已經聽懂，其實是看懂了。

　　直到有一天，來到現實世界（real world），發現老外講英語，怎麼聽都無法完全聽懂。

　　如果你現在仍在第一階段掙扎，請寬心，給自己更多的時間，每天聽，一遍又一遍洗耳朵，把耳朵裡的「沙子」逐漸洗乾淨。

　　有些讀者剛開始就是放著聽，每天聽，不急著馬上聽懂，只是讓自己熟悉英語的調調。像鴨子聽雷的情況，也許持續半個月，也許是兩個月，繼續堅持下去，就在那麼一天，驀然浮出水面，聽清楚了⋯⋯

剛開始洗耳朵，通常聽一兩個月，如果沒進展，表示程度太深，不適合你。

在耳朵「乾淨」的情況下，不認識的字往往也能「聽清楚」，只是「聽不懂」而已。要注意的是，一定要聽符合自己程度的；程度超過太多，就算耳朵很乾淨，再聽一萬年也沒用。像一讀者當初把譚恩美《喜福會》（*The Joy Luck Club*）聽了五、六十遍，只覺得一直聽到 weird 這個字而已，時間全丟到大海去。

所以當程度不太好時，看HBO或電影，效果很差，就是這個原因。

聽力自助餐

你最愛吃的東西是什麼？蘋果？

好的，那麼每天三餐外加下午茶和宵夜，讓你吃蘋果吃個痛快。請問，你願意嗎？

一個人上餐館，頂多點一、兩道主菜，外加幾樣小菜或點心，也就吃得飽飽的，胃裡再也容不下別的東西。

可是，自助餐則不同，它如此受歡迎，是因為種類五花八門，可以少量多吃，一頓餐吃遍各種美食，滿足了口慾。

因此我們品嘗「吃到飽」（All-you-can-eat.）的自助餐時，通常會比平常吃的份量還多，倒不一定是貪小便宜，而是花樣多，胃口自然比較好的緣故。

學英文，也是同樣的道理。

如果天天都念同一套教材，保證過不了幾天就厭倦，看到就厭煩，哪有耐心再念下去。我經常勸讀者朋友，不要吝惜買教材。比起昂貴的補習費，區區教材費算什麼！

畫家張大千說：「多聽補多忘。」多聽多吸收嘛！

當初在教材方面，我隨時在進貨補貨，把當時市面上所能找到的有聲教材幾乎都買下！在那個物資貧乏的時代，我曾買下近百冊改寫過的世界名著英語有聲書，如《鐘樓怪人》、《格列佛遊記》、《簡愛》、《孤雛淚》、《海角一樂園》等等，用字淺顯，故事性強烈。除此之外，我打聽到一家英語補習班的兩年課程教材，便自己買下一整套，不到半年便念完。

因為教材有深有淺，又沒有人幫我分級，所以我每次總是嫌這套太難，丟一邊去；那套太難，也丟一邊去。最後撿容易的來聽，聽得好輕鬆。等簡易的念完，難的也會變簡單。

自修英文，最大的好處是可以隨心所欲。盡量找好聽的、自己感興趣的題材，如本書所提供的**CD廣播劇**，哪像在學英文，根本是消遣娛樂嘛！當年我一共買了數百捲錄音帶，大部分都具有戲劇效果。直到出國念書時，有些還沒聽完呢！

上網抓英語來聽聽

活在e時代，學英文的人真是太幸福啦！

上網抓英語網站來聽，首先電腦裡必須裝有 windows media player 或 real player 等軟體。沒上網的時候，也可以聽英文：用 Stream Box VCR 1.0 把 rm 抓下來，可離線聽。另外，把 rm 轉 wav 再燒成 CD 音軌，就可以用隨身聽。

在網路上找有聲網站，可搜尋 audio 或 wav。

網路上隨便一抓，各類型的免費有聲和閱讀英語網站任你 click，如BBC、CNN、NPR……五花八門，數都數不清。所有國際公共版權（作者過世50年以上）的小說，如《莎士比亞全集》、《湯姆歷險記》、《福爾摩斯探案》等，在網路上都有全文刊載，愛書人從此可以不必去買書了，只要在網上搜尋 text。還有，大人物的著名演說，只要輕輕 click，你可以立刻聽見甘迺迪總統就職典禮的演講，或海明威、福克納的諾貝爾文學獎致答辭，以及四度普立茲獎得主、詩人佛洛斯特（Robert Frost）朗頌〈未竟之路〉（*The Road Not Taken*），甚至還可以聽到阿姆斯壯從月球上傳下來的名句：「阿姆斯壯的一小步是人類的一大步。」（*"That's one small step for a man; one giant leap for mankind."*）

這些免費教材，天天讀不完、聽不完。

記住，天下沒有白吃的午餐，如果你從網路上 download 的免費有聲書不符合你的程度，一樣白搭。讀者Telemann剛開始程度不佳，她把《躺著學英文2》所附的CD聽了一百遍，在邊際效益上，實在划不來。小一就是不能念小六，聽不符合自己程度的有聲書，進步實在有限。

30歲的聽力難關

有讀者年約35，聽英語有聲書剛開始頗順利，因為速度不快。一旦進入「正常速度」英語有聲書，她突然覺得耳朵好像「塞住了」。

聽，第一階段，就是把所有你原先認識的英文字聽出來，然而，因為不熟悉口音（accent）、語調（intonation）及速度（speed），所以，許多人往往在第一階段就放棄了。

許多人來不及逼出自己的潛力，就宣告投降，重回老方法，先看內文，分析句子結構及文法，最後才去聽。自以為已經聽懂，事實上是看懂了。

也有人先看了中文翻譯，再聽英文，結果是看懂，而非聽懂。中英對照式的念英文，無法培養英文思維。

如果你現在仍在第一階段掙扎，請寬心，給自己更多的時間。沒辦法，學英文這碼子事，就是要花時間。

有讀者剛開始就只是放著聽，給自己暖身的機會。每天聽，不急著馬上聽懂，讓自己熟悉英語的調調。注意：要聽適合你程度的英語有聲書，才有效果。

據我全省演講走透透，與讀者互動後得知，連有些英文老師都不一定能通過第一階段呢。

剛開始聽英文，除非是小孩，不然你的耳朵已經塞住了，或聽了多年的世間雜音，耳朵已經不太乾淨了，尤其是過了30歲的人。第一階段最難，大部分讀者都有經歷過這個階段。許多人熬不過這階段，從此就放棄英文。

除非平常有聽「正常速度的英語」習慣，不然，剛開始聽英語，有時真的要熬一陣子。

你可以先放慢腳步，先別看文字，把幾張符合自己程度的英語有聲書CD交換著聽，每天用英語的聲音洗耳朵，有時可能要聽一兩個月才能真正打通。

然而，只要過了第一階段，之後就容易多了。

當然，如果你已經年過30，聽正常速度的英語卻沒有任何障礙的話，那你很幸運，恭喜你！

聽得懂，悅耳；聽不懂，噪音

　　有讀者告訴我：每次開英語會議，不到15分鐘，她就聽得昏昏欲睡。只好手伸到桌子底下，猛捏自己的大腿，藉疼痛喚醒自己。

　　也有讀者跟我說：每次跟老外開會，她就一個勁兒猛喝茶，以免因為聽不太懂而睡著了。

　　英語有聲書，對聽得懂的人而言是「悅耳」，對聽不懂的人就是「噪音」。

　　曾經有讀者因為聽不懂《躺著學英文──聽力從零到滿分》，對男主角很感冒：什麼他含饅頭說話，甚至還有人說CD品質惡劣。

　　請大家去看經典電影《羅馬假期》、《梅崗城故事》，一模一樣的聲音，一模一樣的說話方式，因為他就是奧斯卡影帝葛雷哥萊畢克。

　　聽得懂的人，覺得他的聲音帶有男低音的磁性；聽不懂的，恐怕難以領略箇中樂趣。

　　假設葛雷哥萊畢克站在面前，儘管他長得很帥，主動跟你搭訕，但是，你聽不懂就是聽不懂……難道要找翻譯嗎？

　　讀者肉燥飯聽英語有聲書的感言：「感覺『聽』英文時，跟

『看』英文時，大腦運作真的很不一樣。不會再去分析句子（因為沒時間），但是還是可以知道意思，以前一直不相信。現在聽英語有聲書，覺得越來越有興趣了！」

　　尤其是有精采故事情節的英語有聲書，吊人胃口，聽了越來越上癮，想戒都戒不掉。

　　有些人學了多年的英語，可是從頭到尾都在聽「教室英語」或「慢速英語」，結果，一出了教室，就成了「英語聾子」。

單向式英語&多向式英語

　　學英語，什麼是單向式？什麼是多向式？

　　讀者小豬就讀於英語研究所，他的紙筆舊托福總分很高，考了663分，語法和閱讀都拿滿分，而聽力約錯兩題，但問題就出在這裡。就算拿這個分數，雖然他不是靠補習考來的，他的聽力還是覺得力不從心，他認為有幾題聽力是「矇」到的，有「高分低能」的情況。

　　他寫道：「我聽電影沒辦法很輕鬆聽懂，反應不夠快。聽新聞，情況稍好些，但是常常沒辦法一次聽懂很多，常是「看得懂聽不懂」，尤其是報導『切換』到某某人發表對某事的看法，而那個人又有腔調的時候。我對自己的聽力有時候挺氣餒，學英文這麼久了，讀 Time 雜誌已經不用查單字查得滿江紅。但就是聽力這塊『上不了檯面』。」

　　這個情況，打個比方，當一個老美跟你說話時，你聽得懂，因為他會盡量配合你，這就是「單向式」英語；但當一群老美自己在聊天時，你聽不懂，因此插不上嘴，這就是「多向式」英語。這不是你的英語程度不好（因為那些單字你大部分都認得），而是不同的人同時說英語，眾多「口音」及「語調」的適應問題。

新聞報告，通常是「單向式」英語；新聞同時採訪多人，就是「多向式」英語。

許多英語學習雜誌，從頭到尾由一人朗讀，這是「單向式」英語。

e不e，有關係

　　我剛到美國念大學，第一個禮拜參加新生訓練（orientation），就鬧了個笑話。

　　每個初來乍到的新鮮人到學生活動中心報到後，領取一張名牌，各自寫上自己的姓名，然後別在胸前。與我同組的一個老美女孩，長得很甜，臉上的雀斑似乎在微笑。我用英文和她打招呼：

　　"嗨，安妮！"

　　"Sorry, I am Anne（安），not Annie（安妮）."

　　我一時沒會意過來，經她解釋，我才恍然大悟，原來 Anne 字尾的那個 e 是不發音的。

　　※　　　　　　※　　　　　　※

　　看台灣的英翻中筆譯，我發現，很多人不會發正確的音。

　　仔細翻閱台灣報紙，你會看見，同一個人名，經常沒有統一的譯法。有時甚至各執己見，於是，美國出現了兩個黑人將軍（小布希總統的國務卿），一是「鮑威爾」，實際上應是「鮑爾」（Powell）。

　　奧斯卡金像獎最佳男主角在國內又鬧了雙包，媒體有人譯「羅素‧克洛威」，有人譯「羅素‧克洛」（Russel Crowe）——後者是正確的。

　　怎會這樣呢？到底孰對孰錯？

　　好吧！誰也別吵了，我們來翻翻字典吧！

　　看清楚囉，這問題就出在，英文單字裡，有些字母是不發音的，如 e, h, p 和 w。

　　所以，只有「鮑爾」，沒有「鮑威爾」；「楊百漢大學」應該是「楊百根大學」（Brigham Young University），因為「h」不發音；「格林威治」應是「格林尼治」（Greenwich），大陸即採用後者譯法；「狄斯耐樂園」應是「迪士尼樂園」（Disneyland）；「查理王子」應是「查爾斯王子」（Prince Charles）；「皮菲佛」應是「菲佛」（Pfeiffer）——漂亮的蜜雪兒菲佛。

※　　　　　※　　　　　※

　　「路薏絲」（Louise）和「路易」（Louis），這兩個字的發音有別。

　　美國有部以脫衣舞孃為主題的電影，其中一幕演這個從鄉下到賭城尋夢的窮女孩，一看到高級服飾店的櫥窗展示，便驚喜地喊道：

　　「啊！凡賽斯。」

　　旁人一聽，便笑她知識水平差：「那是『凡賽奇』

（Versace）。」

※　　　　　　　※　　　　　　　※

　　主演《烈火情人》等多部電影的英國演員Jeremy Irons（傑洛米・艾恩斯），台灣有些媒體把他的名字翻譯成「艾朗斯」。iron，即燙衣服、鐵之意，發音是[áɪən]，完全沒有〔ro〕的音。所以也有人把 irony（諷刺），寫成中文「艾朗尼」，都是錯！錯！錯！

　　還有一個字，國人經常念錯：Austin。這是地名，也是人名。中文譯成「奧斯汀」，所以大部分人也把英文字尾念成西門「汀」。實際上，這個尾音要念成類似「騰」。我注意到，如果是德州大學奧斯汀分校畢業的學生，他們都能夠念對了音──有時從發音可以判斷，此人是否為正牌生。

　　另外，很常見的一個字「answer」，這個 w 也不發音。

※　　　　　　　※　　　　　　　※

　　而 Madam, Madame 這兩個字，用法有別，發音也不一樣，但在雅虎網路英漢字典裡的發音竟完全相同。

Madam　[may dám]

1. **used to address woman in letter**: used at the beginning of a formal letter to a woman, especially one whose name is not known (

formal）

2. **used to address woman official:** used before the name of a woman's official position as a term of address

如：Madam President（稱呼女總統）。

Madame **[máddəm]**

title of Frenchwoman: the title of a Frenchwoman or French-speaking woman, especially if married, used before her name or as a polite term of address

以此可推，蔣夫人的英文是 Madame Chiang Kai-shek。

　　　　　　※　　　　　　　　　※　　　　　　　　　※

　　英文單字，只要會念就能夠拼字。除了少數例外，如這些本身不發音，卻又在單字裡硬占一個位置的字母，我們只好多加留意。如何避免發音錯誤，以致無法與老外溝通？最有效的方法就是經常「聽」英文，在不知不覺中，逐漸熟悉字彙的發音。不要一看到字，就自己隨便亂念。

　　學英文，不能馬馬虎虎。e不e，絕對有關係！

大學以英語授課

近年來，許多大學「非英文系」的部分課程，改以英語授課。

為了這些課程，學校把教室重新改裝成可錄影教室，許多同學沒有辦法一次上課就聽懂，下課以後可再一遍遍看錄影複習。

照理說，所有優秀的高中生都應該在國中及高中階段，把耳朵練得非常靈光，可以聽懂英語授課，就像我們以前在美國上大學一樣，現場抄筆記和作課堂討論。然而，因為目前台灣的基測、學測不考英聽，學生在國中、高中階段並不很重視這方面的訓練。

據說，有學生家長打電話到大學，向校方說明：「我的小孩從小到大都是第一名，現在卻因為聽不懂課而哭泣。」

當然，我也聽到一位正在念大一讀者的說法：「有些老師的口音太重！」

我在美國見過許多台灣或大陸留學生，補習托福考了很高分，然而到美國第一年，因為聽說能力不佳，念得非常辛苦，必須熬上半年或一年才適應。

台北郊區一所大學的讀者跟我說，每次上全英語課程，她和另兩位同學總是「合作」聽課。上完課，彼此交換筆記，看看你聽到什麼，我聽到什麼，他聽到什麼，三份筆記綜合起來，總算勉強把整堂課拼湊完整。

　　然而，有時候，有些內容卻三個人都沒聽見。

　　除非全面提升學生的英聽能力（加上口說能力），不然，以英語授課，往往造成有些學生「有聽沒有懂」，也無法作課堂討論，上課無法真正吸收。

挑選適合自己程度的教材

學英文，應該循序漸進，每隔一段時間，要調整適合自己的教材。

我有個標準，如果每頁的生字平均不超過十個，也不低於五個的話，便是合乎自己程度的閱讀教材。同樣的，如果一捲錄音帶或一張CD有聲書，聽兩三遍，若聽不懂六成以上的話，暫時就不適合我。

剛開始時，我總是見到有聲教材就買，等回家打開一聽，覺得超乎自己的程度時，便把它暫時擱在一邊，先挑簡單的來學習。等過一陣子，程度難的也漸漸變容易，這樣學起來比較輕鬆，興趣與信心自然大增。

在書店可找到各種進階讀物，這是經過改寫的簡易故事書，生字從少數幾百字開始，逐漸累增。我很快便發現，雖然認識的字不夠多，但在聽完整個故事時，竟然能約略聽出情節和結局，那份驚喜，至今猶難忘懷。

至於那些標榜「一套書走天下」，三個月保證學好英語的教材，不能過於迷信。學英語，沒有速成，也沒有所謂獨一無二。大部分教材，都能讓你的英文更好；但不太可能光靠一種教材，就能把英文學好。

　　我在台中中興大學演講，結束後，一年輕男讀者上前問我：「我自己從網路上download數百張CD，聽了好久，怎麼還是聽不清楚。」原因很簡單，因為他聽的超過自己的程度，以致於進步緩慢，甚至毫無進展。

　　我總是勸讀者，不要急，從簡單的開始學習。梅爾維爾的《白鯨記》比較艱深，硬要逼自己生吞活剝，恐怕只會撐破肚子。如果你從小魚開始吃起，少量多餐，幾百條小魚也抵得上一隻大鯨魚的份量了。

英文的理解力

　　經常有讀者問我：「這句英文，我每個字都懂，但為什麼合成一個句子，我就看不太懂了？」

　　原因可能有二：一是習慣用語，如果你沒學過，就一定不知道，最後只能用「猜」的。

　　例如：我要請老外吃飯，就直接跟他說："On me."或講得更詳細點："Dinner's on me."（晚餐我請）

　　這句"On me."是英語的習慣用法，與中文的邏輯不合，如果用查字典的方式一個個字去推敲，恐怕查不出頭緒來。

　　二是「理解力」（comprehension）。所謂理解力，光靠單字及文法分析，不可能培養出良好的理解力。比方說電影《迫切的危機》（Clear and Present Danger），哥倫比亞毒梟艾斯科比的安全顧問柯德茲，利用男色接近聯邦調查局局長的女祕書，他人住在波哥大，卻假裝是委內瑞拉的商人，並且僱專人在委內瑞拉代轉電話，避免被循線追蹤。後來，聯邦調查局局長及女祕書在同一天遭到暗殺，美方便開始展開調查：

男主角雷恩問：「委內瑞拉的那支電話呢？」

「電話已經被切斷了！」（Disconnected.）

而中文字幕卻誤譯為「沒有關係」。事實上，以上下文及劇情來看，那支電話「絕對有關係」。

這裡我要討論的不在翻譯的對錯問題，而是英文理解力。理解力並不是靠查單字和文法分析而能解決，理解力與「上下文推敲」、「認知能力」和「背景知識」有關。一個小孩由於閱歷少及心智不夠成熟，對英文的「認知能力」就不高，所以學英文進步很慢。一般人如果不常看書報雜誌或電視，常識不夠豐富，他的「背景知識」就會貧乏；而所有的英文，除了單一名詞如物品、地名、人名等等，通常都是與「上下文」有關，片中這個 "disconnected" 字眼不可能單獨存在，所以「理解力」要從上下文推敲，如果這個字不認識，可用猜測的，而「有效的猜測」就是良好的理解力。

為什麼要猜測英文？因為這輩子你永遠都會遇上新的生字，在查字典之前，你要以直覺猜測這個字大約在什麼範圍內，大約是什麼解釋，查字典只是印證而已。如果完全猜測不出來，那查字典也不見得管用，終究是「這句英文，我每個字都懂，但為什麼合成一個句子，我就看不太懂？」

國內的英語教育最缺乏的就是培養理解力，尤其是在英文句子分析字義及文法講解之後，腦筋已經被釘死了，沒有機會再去動腦訓練理解力。這就是為什麼很多人認真讀英文，讀了十多年，程度卻依然有限，無法活學活用的原因。

　　英文理解力的培養，可以靠大量閱讀，尤其是讀小說，依著情節猜測字義，常見的生字及片語不知不覺就能記下來。另一個更有效的方法就是聽英語有聲書，尤其是有故事情節的，一口氣聽下來，半懂不懂的，一遍遍地聽，每聽一遍又猜出更多的情節，無形中培養出英語的聽和閱讀的理解力。尤其是有聲書一旦播放，除非人為停頓，不然它就一直播下去，讓你完全沒有多餘的時間去思考，訓練久了，自然而然就產生立即理解力，當你聽到時就直接接收訊息，以後不管閱讀或聽人家說話，反應就會很快。

　　為什麼許多人上英語會話班多年，真正到了英美等地，卻發現自己說不出話來，雞同鴨講，那就是英文理解力不佳或聽力不好，聽不出人家到底在講什麼。

　　關於英文理解力，可參考洪蘭教授的著作《打開科學書》第88頁：

　　「史登堡博士教學生如何從情境線索中去猜生字的意思，而不是立刻查字典。從心理學對記憶的研究，我們知道愈是動過腦筋思索的東西記得愈久，一個生字出現了，若是僅是翻字典查出它的意思，這個字義很快就會忘記……史登堡博士教學生先不要查字典，先從上下文、前後文的脈絡去猜……一直停下來查生字會打斷你的思緒，使你有挫折感，而且每一次停下查生字，查完了必然要從這一句的開頭重新讀起才可能貫通文句……」

　　許多留學生在國外念書，教授指定的 reading 讀都讀不完，所謂留學生涯，血淚交織，大家應該可以猜出部分原因來。

跟　述

　　「跟述」（shadowing）是聽完一整句的發音，不看書，馬上跟著覆誦一整句。跟述可以強化語感，讓語感變成反射作用，想都不必想。

　　剛開始，盡量挑短句來跟述，以免產生挫折感。這是在練習說英語，會慢慢進步的，不急在眼前。

　　就像小孩學說話，剛開始說得語無倫次，漸漸就越來越流利。

　　聽英語有聲書，聽完一整句，再跟述。跟述的時候會壓掉下面兩三句，沒關係。只要能聽清楚，就能跟述。

　　如果你沒聽完就能說，那是倒背如流，這樣也很好，但動不動就背書，顯然比較辛苦，也沒必要。基本上，我建議大家把有聲書「聽熟」、「念熟」，不必刻意去背。當然，聽得滾瓜爛熟，不小心背起來也不錯。

　　跟述，隨時隨地都可以做。

　　不管是正在學習英語，或本身英語程度已經不錯，任何時候，只要在電影電視上聽到有意思的一句英語，若聽得很清楚的話，都可以馬上跟述一下。高雄讀者Telemann說她逛商店，聽到裡面正在放英語，當場忍不住小聲跟述，旁人以為她在喃喃自語。

看電影或聽一份英語教材，如果每五、六句或七、八句，能跟述一句，就算及格了。

有時候，不要對自己要求太嚴苛，只要有跟述就好。因為跟述會越來越進步，但初期是不可能完美的。

電影《豪情四海》（Bugsy）一開場，男主角華倫比堤一個人邊開車，邊重複著：「說話要清楚，務必要把每個音節都出聲音。例如：20個侏儒輪流在地毯上倒立。20個侏儒輪流在地毯上倒立。20個侏儒輪流在地毯上倒立。20個侏儒輪流在地毯上倒立。說話要清楚……」（To speak properly, it is necessary to enunciate every syllable. Example: Twenty dwarves took turns doing handstands on the carpet….）重複一遍又一遍，可見連老美自己都有在練習講話。

大陸讀者 yu 在我的留言版寫道：

「我覺得跟述應該是情不自禁的，突然間好想跟著說那一句。雖然音有點發不準，聽多了，跟多了，自然就越來越準確了。

學普通話也有很多人說不好啊，不能像北方人那樣字正腔圓，南方人總有自己的口音穿插在裡面。英語可能也一樣吧，需要時間去練，我想找到語感是最重要的。」

「跟述」雖然只有約85%的效果，很難做到100%，因為畢竟都

是自我演練，沒有實際上戰場跟老外對談的經驗。

　　然而，在台灣沒有實際英語環境的條件下，「跟述」可以自力救濟口說。倘若英語只是在心裡頭念，而不經常大聲「跟述」的話，那麼見到老外時，你可能就會「跟樹」一樣直挺挺地站著，一臉茫然傻笑而已。

　　經常練習「跟述」，不僅口語呱呱叫，也能幫助英文寫作的流暢，遣詞用字更道地。

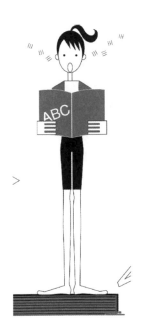

口音無罪，但發音要對

一旦過了12歲，聲帶發音部分已經「石化」（fossilized），口音就很難改。所以想說一口標準英語或美語，越早學越好。

然而，再早學英文，如果一開始就被發音不標準的老師帶壞了，那錯誤以後也很難改。台灣兒童從小學英語，長大以後不見得說一口標準英語，部分原因在此。

曾聽大陸一位學者提到，他到陝北鄉下視察，看到一群打赤腳的小學生說一口漂亮的英語，而老師卻是鄉音濃重，頓覺神奇和不解。等他親見上課情景，終於恍然大悟。

那位老師上課時，自己並沒有一直說英語，而是用中文帶領學生，引導學生聆聽英語有聲書磁帶。由於學生的英語都是從磁帶模仿而來，自然能說標準英語。

然而，我們大部分人都已經過了那個年紀，口音也就得過且過。畢竟，每個人說國語都有口音呢。

雖說，口音無罪，但發音（pronunciation）和語調（intonation）一定要對，尤其是重音要下對地方。

比方說：

arabic（阿拉伯的）不能說成 a rabbit（一隻兔子）

cancel（取消）不能說成 cancer（癌症）

McDonald（麥當勞）不能說成 Madonna（瑪丹娜）

所以，一定要常常聽英語。看音標念，或依自然發音的規則念，有時不一定準確。

※　　　　　　※　　　　　　※

一天，在高雄任教的Telemann老師告訴我，在市區附近看到預售屋廣告：「西塔里耶森」。

我一聽，幾乎可以百分百確定，這個廣告必出自我的書《瀑布上的房子──追尋建築大師萊特的腳印》。為什麼我敢這麼肯定？

因為台灣的建築學者，多年來都把萊特在西部的大本營翻譯為「西塔里辛」。

我想是因為大家都不太知道它的正確發音，直到我親自造訪這個地方，親耳聽到萊特的徒弟如此念道：「西塔里耶森」（Taliesin West）。全台灣大概只有我一個人在我的書上這樣翻譯，坊間其他相關書籍及文章，都是將錯就錯。

※　　　　　　※　　　　　　※

從小學英語，不一定會學好，但好處是發音可以發得像老外一樣正確漂亮。

本省籍的三年級生、四年級生，因為台語裡沒有 f 及捲舌音，加上小時候沒看電視或聽收音機，沒有機會練習自己的舌頭。我的一個竹科朋友擁有億萬身價，每次說到「發財」，他都說成「花財」。

我調侃他道：「你的財富都被你『花』光啦！」

而本省籍人士，如果不會捲舌，把「老師」說成「老輸」的話，那麼他也不容易發英文 r 這個音，例如：really。至於「花」與「發」分不清者，可能也不會發英文 f 這個音。

再以德國人和美國人為例：

英語，因為沒有「魚」這個音，他們往往說成「you」；而德國人能說「魚」，是因與德文字母「ü」同音。

說英語帶口音，湯姆‧克魯斯的前任女友潘妮洛普‧克魯茲，她雖然拍了不少英語片，但那帶西班牙口音的英語，始終改不掉，或她根本不想改，好像也沒人笑過她的英語。另一名人說英語帶德國口音，就是好萊塢影星改行當加州州長的阿諾‧史瓦辛格。

抓錯語調

　　有次，我跟一位美國舞蹈老師到錄音室。老闆娘抱著她六個月大的兒子，笑咪咪的招呼我們。這胖小子，壯得像頭小蠻牛。舞蹈老師會說一點點中文，拉著小嬰兒的胖手，逗他玩。

　　女舞蹈老師問老闆娘：「他會不會怕？他會不會怕？」

　　我當場覺得納悶。明明壯得像頭牛，勇猛如包尿布的小泰山，怎麼會「怕」呢？

　　弄清楚後，我不禁笑出聲來。原來她在問：他會不會「爬」？

　　英文發音的語調（intonation）就像國語的四聲，一旦語調抓錯了，溝通便可能產生誤解。

　　就像電影《哈利波特》第一集所演的，語調抓不準，就變不出魔法，那根羽毛當然飄不起來。

臨 帖

　　有一次到某大學為英文系學生演講，他們要求我講如何快速通過英檢，以及英文寫作的五大公式？或什麼的？我聽了一頭霧水。我只知道英文就是要從基礎好好學，多聽多讀多講，沒有什麼捷徑可言，而寫作文，應該要用「感覺」，怎麼會使用數學公式呢？（讓我聯想到電影《春風化雨》（Dead Poets Society）開頭，羅賓·威廉斯飾演的高中英文老師叫學生把一本詩集裡的序文全部撕掉的情節，因為那序文把拜倫和莎士比亞的詩用數學座標來比較。）

　　以前在美國上大學，念的是英文系。第一學期修大一英文（English 101），夾在一堆英文程度優異的美國同學之間，我那考了托福六百多分的英文程度顯然微不足道。到了美國，才終於明白，原來托福六百多分只不過是基礎而已，證明我有能力上美國大學，但英文程度依然不夠。

　　初上英文作文課，我的教授當場點出寫作的要點：

　　先寫，而不要先想。先憑「感覺」（heart）寫出草稿，然後再用「腦筋」（head）仔細修改。（You write your first draft with your heart and you rewrite with your head.）

　　老美教授叮嚀：「如果你一直在那裡想該怎麼寫，或仔細寫大綱，卻遲遲不下筆，有些神來之筆或靈光一閃，可能就從此消失無形。」

　　「趁腦袋瓜裡的點子正新鮮時，趕緊寫下。一旦動筆，字裡行間，許多細節就會自己從天上掉下來，構成一篇好文章。」

　　有時候，想得太多，反而越寫不出來。

　　教授再三強調：「寫作的第一要旨：就是寫，而不是思考。」
（The first key to writing is to write. Not to think.）

　　海明威在《流動的饗宴》裡寫道：「故事彷彿自動舖展開來，我的筆好不容易才跟得上。」一旦動筆寫，如有神助，一直寫下去。

　　我依照教授的話，用第一個跳上來的英文句子開始寫，盡量不停頓，也不去想文法，而是用我的心來寫下我的「感覺」。為了避免寫錯字或句子，我盡量不用艱澀冷僻的字眼。寫完，我再檢查有無文法或拼字錯誤。其中有一篇作文，教授居然當著全班老美同學的面前大聲朗讀起來，我覺得很不好意思。沒想到他竟說：「從來沒有看過，居然可以用簡單的英文寫下如此生動的文章。」

　　多年後的今天，他的話言猶在耳：「文章首重內容，而非只是賣弄文字。」不管是寫中文或英文，我常謹記在心。

　　練習寫作，方法不少。但我見過的或聽過的許多國內外作家，他們當年都經過「臨帖」的階段，把著名作家的好文章和好句子，用筆或打字機一遍又一遍謄寫。在美國，嚮往寫作的年輕作家有不少人「臨帖」過海明威，把他的整部作品一段段打字下來。這樣做，雖然沒有完全背起來，但無形間可以從中模仿遣辭用字的巧妙，了解句子的結構，學習他人的文體風格。從模仿中逐漸脫胎換骨，久而久之，自然熟能生巧，寫出自己的風格。

　　寫英文作文，不可能憑空而來：有足夠的 Input，才可能有 Output。

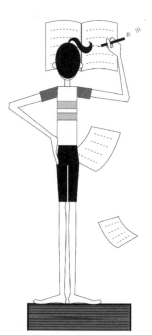

名家名句

　　如何讓演說和寫作更有力？（How to make your speech and writing more powerful?）簡單又快速的方法，就是套用名家名句（quotations）。從名人的文章或談話中，擷取精采的佳句，學習這些句子的多重意義和各種用法。

　　1961年，甘迺迪總統在就職大典中說出一句經典名言，流傳至今：

　　Ask not what your country can do for you; ask what you can do for your country.

　　不要問國家能為你做什麼；要問你能為國家做什麼。

　　四十多年後，電影《金法尤物2》也套用了這句話。女主角艾兒為了幫小狗狗爭取權益，在國會推動新法案。當她一身粉紅套裝打扮走上眾議院的階梯，推門進去，在投票箱投下神聖的一票之前，便套用甘迺迪的話：

Ask not what your best friend can do for men; ask what you can do for men's best friend.

不要問你的最好朋友能為人類做什麼；要問你能為人類的最好朋友做什麼。

偶爾，在文章中穿插名家名言，或飛來一句名詩，彷彿添加了光朵，整篇文章煥然了起來，**不再枯燥乏味。**我在《成寒英語有聲書5——一語動人心》和《大詩人的聲音》書中皆有例句示範。套用英語名家名句及名詩，對英語演說及寫作有加分效果。

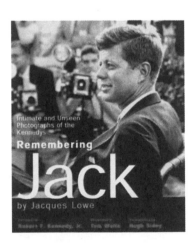

Part-4

兒童學英語

如何引導小孩學英文？

　　如何引導小孩學英文，這前提是，父母本身也要跟著孩子一起學，才會知道孩子到底學了多少；而孩子的心裡也會比較服氣，不會嘴巴嘀咕著：「你們自己從來都不學，幹嘛還要叫我學！」

　　每次和孩子一起看英語電視節目，一聽到哪句孩子熟悉的、聽過的英語，便趕緊反問他，剛才電視裡的那個人說了什麼，叫孩子大聲說出口。比方說，看電影《MIB星際戰警》聽到黑人警察朝外星人高喊："Freeze!"（站住），便趕快趁機解釋一下，為什麼他們不講"Stop!"。這種機會教育，比正正經經學英文還有趣。

　　最好買DVD回家，隨時可倒帶重看，效果比看電視好。

　　如果聽到"On your feet."（站起來）父母就趕快做動作，大聲開口說，馬上跟著站起來。隨時幫孩子把握住任何一個練習的機會，有動作，有聲音，既帶給孩子樂趣，也給孩子成就感。一旦孩子對英語產生了興趣，漸漸就會自動自發。

　　我建議父母跟著小孩一起學英語，雖然進步比小孩慢，但因為自己有在學，比較知道如何盯小孩學習。大人小孩可以一起聽英語有聲書，一起練習「跟述」，互相考對方生字。

就算大人有時表現得比小孩差，被小孩笑，正好可以機會教育——爸爸媽媽從小欠栽培。有時候，讓小孩當小老師，他也會有成就感。

不要期望小孩對著父母說英語

政大外語學院院長陳超明告訴我：小孩通常都跟同儕說話。他們系上有對老美夫婦，生的小孩也是純老美臉孔。這老美小孩一到台灣，進入一般小學就讀，很快融入其他台灣同學之間，也跟著說起國語。現在，他反而不太願意開口說英語。

我不太明白的是，小孩的聽力非常好，可以「聽得清楚」正常英語（我所謂的「聽得清楚」，即不認識的字彙也能聽出來）。為什麼坊間製作的一些兒童英語有聲書卻是慢速的？思考一陣，終於發現，製作兒童英語有聲書的台灣人都是大人，而大人本身的聽力可能不太好，所以他誤以為：如果連大人都無法聽，小孩怎麼可能聽得懂正常英語？

很可惜，一般小孩聽力最佳的階段，不給他好好利用－多聽正常英語。等到長大了，聽力一切從頭再來，備加辛苦。

有個讀者Linda自謙程度不好，從事賣早餐的行業。她的女兒小時候就聽慣了正常英語，以致於聽到「慢速」英語有聲書，女兒還以為是CD壞掉了。

　　Linda在我的網站上寫道：「女兒念小四，她的英文一直都是我自己教的，直到後來我真的沒有空再繼續教，就讓她去補習班上課。但是上了幾個月，我發覺真的沒用。經過測驗，他們安排我女兒上菁英班，裡面都是高中生，上的教材都是一些時事及社會議題，超過她的心智程度，所以就沒上了。只是一直買各式各樣的有聲書讓她聽，從書上挑生字讓她自己背，從她聽完《哈利波特》1至6集及《納尼亞傳奇》，我就無法跟上她的腳步。對於我這個賣早餐又年屆40的媽媽來說，程度不夠，聽力也及不上她，那麼我該怎麼引導她進行下一步呢？」

　　我的建議是：Linda的小孩是自修英語的最佳典範，大部分小孩從小補到大，還不及她女兒聽有聲書幾年的成果。既然她自己都已念到這個程度，大可不必補習。也許，可請專人幫她修改作文或日記。

　　《成寒英語有聲書》的前四本，對這個小女孩來說是a piece of cake.（太簡單了），但《成寒英語有聲書5——一語動人心》裡的名家名句，可以每天挑一則來背，既幫助寫作，也可讓她套用說出漂亮的英語。

　　而像《成寒英語有聲書6——聖誕禮物》就很適合，故事溫馨感人，適合各個年齡層。我覺得小孩心智尚未成熟，不太適合看聳動的社會新聞，或複雜的國際政治情勢。反正所有的英文單字都是一樣的。我很喜歡聽感人的故事，從故事裡習得的單字，再去看報紙綽綽有餘。

小小孩聽《綠野仙蹤》

　　當初出版《成寒英語有聲書1──綠野仙蹤》，以為這本書有點難，字彙量多，不適合很小的孩子。我一直以為小學高年級以上（甚至國中）才能聽懂，因為連許多大人都聽不懂呢。後來我發現，高年級以上的小孩已經有自己的主見，有的甚至會排斥他聽不懂的英語有聲書。

　　然而，最近兩三年來，不斷有讀者告訴我，他們家的小小孩，雖然不見得完全聽懂，但都不約而同迷上《綠野仙蹤》。

　　有個讀者告訴我：可能是裡面的主角是小女生，稚嫩的聲音比較能吸引小小孩聽。

　　有的父母自己聽《綠野仙蹤》，因為是「正常英語」，常會覺得好像遇到瓶頸，要辛苦一下才跨得過去。沒有想到天天在家裡放著聽，反而是小小孩隨便亂聽，就朗朗上口。

　　大人恐怕要感嘆：小小孩的耳朵，根本不必練習就已經打通了。

　　坊間製作的一些兒童英語有聲書，刻意放慢速度，我想是因為大人自己聽力不佳，誤以為小小孩「怎麼可能聽得懂」，這想法真是大錯特錯。小小孩接收語言的能力是很自然地浸淫在環境裡，久而久之，連文法都可以像母語一樣習慣成自然，不必像大人那樣背得半死。

※　　　　　　※　　　　　　※

　　一位在台電上班的女讀者說：她女兒剛上小二，很喜歡聽《綠野仙蹤》，聽了無數遍，雖然她有一半是不懂的，居然也能夠維妙維肖地跟著CD說一口漂亮的美語，不懂的句子，她也照說無誤。

　　而且，孩子的耐心是非常奇妙的。他喜歡的故事，可以一聽再聽，聽到倒背如流。

　　像這樣的孩子，沒有人強迫他，自己願意嘰嘰呱呱跟著說英語。只要連續聽幾年的有聲書，不僅英語可以說得漂亮，也自然培養語感和直覺，遣詞用字都會跟母語人士一樣，以後可能連文法都不必用力學了。

　　小孩聽英文，剛好跟大人相反，小孩是聽得很清楚，但不一定懂。大人則是一開始耳朵不清楚，字卻大部分都認識，一旦讓他聽清楚，也就懂了。培養小孩聽英語有聲書的習慣，可利用開車或閒暇時間，小孩比較不會反抗的時候，慢慢帶出興趣來。

　　有個賣早餐的媽媽說：她在女兒上學前，先培養她看中文故事書和聽中文故事CD的習慣，小孩愛上閱讀，提高認知能力，漸漸再引導她聽英文故事，雖然沒有背太多的字彙。現在才小四，居然可以聽

《哈利波特》英語有聲書聽得廢寢忘食，而且自己會對著芭比娃娃說英語。

※　　　　　　※　　　　　　※

　　一位住台中的年輕媽媽說：她放《綠野仙蹤》給正在念幼稚園的兒子聽，他馬上聽出 witch, window, goodbye 等字，高興的不得了。早上載他去上學，還沒聽完就到學校，小孩一再要求，別那麼快讓他下車，他要繼續聽。可是實在是快遲到了，媽媽便跟孩子說會早點來接他。他才心不甘情不願跟著媽媽下車進教室。

　　在聽英文時，小孩很專心，聽出好女巫、壞女巫以及幸運之吻那一段，而且笑到捧腹。

　　她寫道：「謝謝你，成寒，如果沒有妳的建議，我可能還不知道我的小孩也會跟我一樣喜歡上《綠野仙蹤》。我一定要跟著你的進度，享受英文。套一句我兒子的話，我實在是太開心了，聽《綠野仙蹤》要比上全美語幼稚園好得多。」

※　　　　　　※　　　　　　※

　　住大直的讀者Branda也寫道：「全美語幼稚園如果有 "No Chinese" 政策，可能很有吸引力，但是會對小孩兩種語言的發展、思考能力和心理狀態都造成傷害。家長應多加注意。

　　我的小孩三歲、五歲和七歲，幾乎天天跟著我聽《綠野仙蹤》。

就在前兩天，我隨口唸了一段："Toto played all day, and Dorothy played all day too." 沒想到五歲的老二（沒上過英語課）竟然糾正我說：是 "Toto played all day and Dorothy played with him." 我重聽確認了一下，果然是她說得對，就大大稱讚她一番，沒想到老大不甘示弱，就背起來了，至少背了一半以上。

　　另外我妹妹的小孩今年才一歲，，每天聽兩遍，聽了兩個禮拜，竟然講 "On my nose, on my nose." 以及 "Toto, come here!"，小朋友的學習力真是驚人啊！

　　我本來是放給自己和老大聽的，也不管小朋友聽不聽得懂，原來他們不但都懂而且都背起來了。

Part-5

善用網路

Google

如何在 **Google** 查單字、片語或圖片？

　　這年頭，學英文從不上網的人，實在太遜了。因為新字不斷出現，家裡的字典再厚、頁數再多，永遠也趕不上時代。

　　Google 是史上最大的字典，任何新舊單字或片語，幾乎都可以在 **Google** 查到。

　　如何在 Google 查單字、片語？

　　例如本書所附有聲書《仙履奇緣》裡有個字，一般字典不見得能查到：giddyup

　　請在 Google 搜尋 "giddyup" definition

　　馬上可查到答案：

giddyup！

　　（**direct at a horse**）**move on！go faster！**

如果你要查詢的不只是一個單字，而是一個片語或是慣用語，甚至是一句話，那麼在查詢時，就把要查詢的字詞前後加上引號"　"，這樣查詢出來的結果才會以字串的方式出現，而不是東一個單字西一個單字，湊不完整。

　　有個澎湖讀者問我：celery（芹菜）到底長什麼樣子？沒看過。

　　我調侃他：難道你家裡沒有吃過這道菜？下次陪你媽媽上菜市場逛一圈就知道了。

　　芹菜很容易找，至於其他動物或植物呢？當你念到這個英文單字，心裡會不會猜想：到底這東西長啥樣？例如：全世界行動最緩慢的動物——樹懶（sloth），我僅在溫哥華的水族館見過，印象不深。回來以後，在Google 搜尋圖片，看到樹懶的各式姿態，從此再也忘不了。讀到地理名詞，也可搜尋「英文地名 map」，即可看出它的方位所在。

如何利用Google檢查文法？

「世上最好的咖啡。」

請問，這句話的英文怎麼說？

有個讀者遊雲林縣古坑回來，好意送我一盒當地名產「古坑咖啡」，上面有一行英文字，標榜這是世上最好的咖啡：

The best coffee of the world

請問，上面這句英文錯在哪裡？

如果你把這句錯誤的英文打在 Google，就會發現沒有任何 native speaker 這樣寫英文。網路上出現兩句正確的寫法：

The best coffee in the world

The world's best coffee

當你寫英文句子時，如果不確定自己寫得對不對，那就上 Google查吧。只要打出幾個關鍵字，可拿網路上現成的句子改寫或套用，變成自己的漂亮句子。

　　當然，Google裡的句子都是人寫的，而只要是人，就有可能犯錯──人非聖賢，孰能無過？所以在套用句子時，千萬要套正確的句子。

Part-6

看電視電影學英文

老電影，值得看嗎？

　　有讀者問：以看電影學英文的角度來看，老電影適不適合？對白的表達方式，會不會太過時？

　　我的回答：老電影，絕對不會過時。尤其是「經典電影」（The Classics）對學英語來說，更是非看不可。

　　喬治克魯尼、布萊德彼特等多位大卡司主演的《瞞天過海》（Ocean's Eleven）。賭場總管安迪賈西亞看到前妻茱莉亞蘿勃茲走了進來，便說了一句話：「世界上這麼多酒店，你偏偏走進這一家⋯⋯」

　　這句話出自經典電影《北非諜影》（Casablanca）。

　　"Of all the gin joints in all the towns in all the world, she walks into mine."

　　「世界上那麼多城鎮，城鎮裡有那麼多小酒館，她偏偏走進了我這一家。」

　　是碰巧？是冤家路窄？還是有緣千里來相會？為何有些人一定會在生命中相遇？有些人卻擦身而過，不留任何痕跡。

　　男主角亨弗萊‧鮑嘉（Humphrey Bogart）在卡薩布蘭加開了一家小酒館，從前在巴黎結識的情人英格麗‧鮑曼（Ingrid Bergman）走了進來──只可惜，女方已嫁為人婦。

　　電影《王牌對王牌》（The Negotiator），男主角凱文‧史貝西多次以電影《原野奇俠》（Shane）作為全片的引喻，好幾次提到亞倫‧賴德主演的角色：一位槍法相當神準、浪跡天涯的俠客。

　　許多經典電影裡的精彩對話，已經成為非知不可的「經典名句」。

　　不過，我的建議是，先把電影DVD買回家，等自己的程度達到「中高級」以上再看，不然，還滿浪費時間的。因為聽不太懂，邊際效益低，只能當娛樂享受。

　　而老電影的缺點是：節奏慢，情節老套。

為什麼聽不懂電影？

有讀者問：「雖然一直有持續在聽教材，偶爾也會看看電影，發現沒字幕真的很慘，幾乎完全聽不懂。」

「講好快哦！許多話好像都連在一起，根本不覺得他們有講那麼多話，是不是我的功力還不足呢？是我的sense不夠嗎？如果多聽幾次，我真的會聽懂嗎？」

實際上，好萊塢電影及電視影集是製作給母語人士看的，外國人則要配字幕。要看懂電影，牽涉到個人字彙量、口音、速度，還要習慣多向式的英語。

許多人的英文程度，想要聽懂電影，尚言之過早，只能把它當娛樂享受。要聽懂電影，起碼要有「中高級」以上的程度，且要有聽正常英語的訓練。比方說：我完全不懂法語，叫我看法國片，看一萬遍也不可能聽出幾個字來。

學英文，就是要循序漸進。不是不能聽懂，而是時候未到。

在美國念書時，許多留學生從來不看電影，原因就是聽不懂。實際上，許多托福考了近滿分但無法95%聽懂電影的，比比皆是。

看電影，學文法

　　倘若聽力夠佳的話，看電影也可以學文法。

　　去年夏天，我幫幾個高中英文老師的小孩上一堂課。我放電影《不可能的任務2》（Mission Impossible 2），重複放其中一小段，同時講解一下文法，mind 後面 V+ing。畫面上是兩輛跑車在山區道路追逐，湯姆克魯斯緊跟在後頭，他打車上電話給跑在前方的女主角：

　　"Hi, would you mind slowing down?"
　　「嗨，妳可不可以開慢一點？」

　　我放第一遍時就已經有小孩聽到了，到第二遍，所有的小孩都聽到了，但這段畫面我連續放了五遍，卻還是有英文老師聽不見。足以證明，小孩的聽力的確比大人好。

　　接著，我又要小孩造句，比方說："give me money?"（你可不可以給我錢？）他們馬上脫口而出："Would you mind giving me money?"

有了聲音，有了情節，文法一下子變得好簡單。

　　過了一年多，這些小孩的媽媽竟跟我說：「成寒老師去年教的文法，我兒子到現在都還牢牢記住呢！」

　　我說：「我沒當過英文老師，根本不會教，只會放電影而已。」

　　像尼可拉斯凱吉主演的《國家寶藏》（National Treasure），其中說到「夏洛特是人，還是船？」，這一段可拿來解說定冠詞 the。

　　忽然，我靈光一閃，想到了什麼，便說：「我知道，為什麼小孩這麼容易記住文法了，因為──Tom Cruise 長得太帥了！」

小鹿斑比

　　2004年5月10日的《人物》（*People*）雜誌推出「世上最漂亮的50名人物」專輯。第79頁訪問美女珍妮佛安妮斯頓，她就是帥哥布萊德彼特的前任老婆。

　　雜誌裡寫到《六人行》的女主角珍妮佛安妮斯頓，剛結束忙了十年的電視影集，終於可以好好休息一番。記者問她，現在每天都在做些什麼？

　　她懶洋洋地回答：「我就像斑比，不知道怎麼站起來。」（I was like Bambi, not knowing how to stand up.）

　　這句話是什麼意思呢？這就牽涉到美國的經典文化了。我常告訴讀者，學英語，經典文學必讀，經典電影也必看。

　　由經典名著《小鹿斑比》（*Bambi*）改編的同名電影，描述一隻母鹿剛生下小鹿，取名斑比。斑比出生前，在媽媽肚子裡窩著舒舒服服，突然間出生到地球上，他還以為仍然躺在地上就可以了。雖然，森林裡的動物為他打氣，他還是懶洋洋地，一點也不想動。

　　有回到美國，我偶然打開電視，看到足球賽轉播，現場播報員脫口就是電影中的經典名句。其中一句：「如果你說不出任何好話，那就什麼話都不要說。」（If you can't say anything nice, don't say anything at all.）

真巧！這兩句英文都出自卡通電影《小鹿斑比》，美國小孩在幼稚園以前就看過，已深植在他們的心靈深處。任何人隨口說出片中的任何一句話，每個老美都聽得懂。

然而，我問過許多台灣朋友，他們說都有看過《小鹿斑比》這部卡通片，可能是英語聽力差的緣故，根本沒聽到裡面有說這些話。

青蛙王子

　　幾年前，美國偶像女歌手小甜甜布蘭妮（Britney Spears）向媒體宣布，她已和某位男士訂婚，臉上難掩幸福的表情。幾度走過感情風雨，她有感而發：「我吻過一大票青蛙，終於找到了我的王子。我想我找到了永遠的快樂。」（I kissed a bunch of frogs and finally found my prince. I feel like I've found my happily ever after.）

　　假如你讀過《格林童話集》，就知道這些話從何而來——《青蛙王子》（*Frog Prince*）。

　　倘若未曾讀過經典童話如《安徒生童話集》、《格林童話集》，許多英語典故，你很可能聽不懂或看不懂。童話家喻戶曉，想學好英文，不能不讀。童話典故也可隨時套用於口語或寫作。

※　　　　　※　　　　　※

　　童話的開頭第一句：「從前從前……」（Once upon a time）

　　當你在敘述過去發生的故事時，可以用這句話作開場白：「從前從前在台北，有個名字叫張的男子。」（Once upon a time in Taipei, there was a man whose name was Chang.）

※　　　　　　　※　　　　　　　　※

　　童話的最後一句：「他們從此過著幸福快樂的生活。」（They
live happily ever after.）

　　你可以套用例句：「離婚後的子女能夠從此過著幸福快樂的生活
嗎？」（Can children of divorce live happily ever after?）

七個小矮人

　　電視影集《慾望城市》第2季第2集〈殘酷的真相〉，凱莉到女友家作客，看她新買來送給自己當生日禮物的名貴圍巾，兩個女人嘰嘰喳喳說個沒完。

　　忽然間，女友的丈夫從房裡衝出來，一臉憤怒，嫌她們太吵了。凱莉深知女友的丈夫向來脾氣暴躁，於是頻頻道歉，向對方說聲："Good night, Grumpy."（晚安，愛生氣），趕緊踮著腳尖奪門而出。

　　Grumpy是誰？這個名字出自迪士尼1937年動畫電影《白雪公主和七個小矮人》（Snow White And the Seven Dwarfs）裡的七個小矮人之一，這七個角色已成為美國家喻戶曉的虛構人物，各依其性格特點命名。

　　糊塗蟲（Dopey）：其實他並不是真糊塗，而是孩子氣，所以顯得迷迷糊糊。

　　愛生氣（Grumpy）：不管別人說什麼，他永遠唱反調，老是在抱怨。

　　萬事通（Doc）：他的腦筋靈活，如果小矮人有重要大事，總是由他作決定。

　　害羞鬼（Bashful）：他既害羞，又多愁善感。

　　瞌睡蟲（Sleepy）：無時無刻，隨時隨地，他總是在打瞌睡，昏昏沉沉。

　　噴嚏精（Sneezy）：他雖然沒有整天打噴嚏，但只要遇到狀況，這個毛病就發作了。

　　開心果（Happy）：這傢伙無時無刻不開心，就算有大難出現，他總能化苦難為歡樂。

　　電影《戰略迷魂》（The Manchurian Candidate），梅莉史翠普打電話給兒子，兒子有點不耐煩，只給母親30秒鐘。梅莉史翠普便叫他："Mr. Grumpy." 不過，字幕翻譯者顯然不解其義，誤譯為「小壞蛋」。

海底總動員

　　看電影學英文，最大的好處是「聽聲見影」。看電影的同時，既可以聽到英語的聲音，也可以看見英語的影像。這樣學起來，比純閱讀來得實用有趣多了。如果光看單字，沒有影像，有時真的不知到底是什麼「東東」，學起英文就事倍功半。

　　迪士尼動畫片《海底總動員》（Finding Nemo）裡其中一幕：小丑魚爸爸游大海，衝巨浪，為了尋找失蹤的兒子尼莫。

　　小丑魚爸爸和另一隻藍色熱帶魚多莉一路同行，向鯨魚問路，一不小心卻進了魚肚子裡。小丑魚爸爸很著急，不知該怎麼辦才好。突然間，他發現鯨肚裡灌滿的海水突然一半空了，而且一直在冒泡泡。就在此時，鯨魚發出一聲深沉濃重的呼喊。

　　他們不知道這是鯨魚正要噴水的訊息，所以努力猜測鯨魚的話。多莉想了想，結論是這句話有點難懂：「他不是叫我們跳進喉嚨裡面，就是想喝『漂浮沙士』。」（He either said we should go to the back of the throat or he wants a root beer float.）

　　這個字故意押韻腳：“throat”、“float”。意思是多莉聽不清楚鯨魚講的話，可能把 throat 聽成 float。「漂浮沙士」是一種飲料，在沙士裡漂浮著一粒或多粒冰淇淋，許多速食店都有賣。但沙士本身要很冰，不然冰淇淋會很快溶化。

　　中文字幕把「漂浮沙士」（root beer float）誤譯成「漂浮冰咖啡」（coffee float）。不只是從英文單字可以看出錯誤，我們從畫面中也可以看到明顯的疑問。海水冒泡的樣子比較像沙士冒泡，而咖啡本身是不會冒泡的。雖然「漂浮咖啡」也會有泡泡，但咖啡本身是濃濁的，不太像海水有點透明。

　　另外，常有人把「沙士」（root beer）和「啤酒」（beer）搞混了。

Part-7

學英語的盲點

看報紙？貼字幕？

我在高雄博愛國小演講，一個男老師問我：「如何看懂報紙？」

我很直接回答：「要看你的程度如何？總之，小一不能念小六。」

問問自己，你究竟是什麼時候開始看得懂中文報紙？在中文的環境下，你沒有成為天才；難道學英文，會突然變成天才嗎？

學英文，很少人真正是天才。除了天才，一般人是不可能隨便跳級的。

有讀者寫信給我：「成寒，妳說學英文，就是要『聽』、『聽』、『聽』，『聽』了再『聽』。這話我懂，而我也確實照著妳的話去做。每天我總是把收音機設定在ICRT頻道，電視也設定在HBO、Cinemax或Discovery Channel。只要待在家裡，我就任由收音機、電視機兀自在那兒開著，我天天都在聽，把字幕貼起來，可是連續聽了兩年，我發現，本來會的，當然沒問題，但不會的，我還是一樣不會，怎麼辦？」

我直截了當地回答：「你在浪費青春，你在浪費生命。你的兩年時光，全丟到大海去了。而且，我才沒有叫你們光聽而已，請不要斷章取義。」如同厚厚一本《躺著學英文》，許多人只看到「躺著」兩個字。

由淺入深

問題就在，這位讀者選的教材太深了，已超乎自己本身的程度。

練習英文聽力的教材，內容應該由淺入深，循序漸進。例如本書所附的CD是給略有程度者聽的，相當於進階程度。若是初學者，應該先去聽內容更簡單的、速度慢一點的，等過一陣子，再回來聽，就能聽懂。

當然，既然是學習，本來就不該期望所有的內容都能聽懂。如果你都能聽懂，那也就不必學了。先聽個兩三遍，只要能聽懂六成，那就很適合你。

多聽幾遍，能幫助你打開耳朵。

有時候，有些話，連英美人士也要多聽幾遍才懂呢！如電影《絕命追緝令》（The Fugitive），哈里遜福特飾演的逃脫嫌犯──金波醫生，從某個高架捷運站打電話給他的律師。這通電話被警方監聽並錄音下來，交給急欲逮捕他歸案的湯米李瓊斯。你猜猜看，他聽了幾次才聽出竊聽帶裡捷運站廣播的聲音──三次。你看，在背景聲音吵雜的情況下，連老美都聽了三遍，可見我們學英文，聽十遍、二十遍也不為過呀！

　　一位年輕男讀者說：他以前去pub，完全無法跟老外搭訕，因為pub太吵了。可是，經過我的方法訓練，現在他進pub悠遊自如。

　　所以說，倘若沒有依賴字幕的話，ICRT、HBO、Cinemax、Discovery Channel的節目是給英文已有相當程度的人聽的看的。初學英文者，如果把這些節目當教材，不僅帶來挫折感，而且進步很有限。

　　由此可見，選對適合自己程度的教材，極為重要。

教材不該從一而終

　　當年學英文，我每天不斷地聽。

　　先不看書，只聽，連續聽十遍以上（不在同一天內）。然後做克漏字，或一邊看書一邊聽（一遍），之後查生字和片語。最後又回頭聽十遍以上，背生字和片語（因為很懶，所以每次只挑幾個來背背，應付自己而已），大聲跟述句子。這樣反反覆覆地聽和讀，同時做跟述，一天內換了好幾種教材。

　　聽教材，剛開始的第一、二遍，先用聲音「清洗」耳朵，過濾掉特殊的腔調和口音，把原來已認識的英文字「揪」出來。第三遍以後，漸漸聽出感覺，連有些不認識的生字和片語，也能有所意會。

　　有時，這次沒聽出來，下次在別的教材裡碰見，突然靈光一閃，竟然懂了！

　　為什麼我要買這麼多的教材？——換口味啊！

　　學英文，不該從一而終。

　　有讀者告訴我：「我很有恆心，十多年來，我一直收聽某英語學習雜誌的廣播節目，從不間斷。」

「那你有沒聽別的？」

他回答：「沒有。」

我非常佩服他的學習精神，然而，我暗地覺得這人真是頑固，不知變通。他提的那本雜誌，固然是上好的教材，可是，英文豈僅如此而已。每一種教材都有它的特殊格調，如同每個人說話有他的個人腔調；電影明星湯姆克魯斯和馬修麥康納講話的方式和腔調，便截然不同。

這位讀者從一而終的結果，講一口「與該雜誌同一格調」的英語，雖然沒什麼不好，但因為要訓練耳朵聽不同的人所說的英語，所以應該多嘗試各種不同的教材，在聽力方面，才能適應南腔北調的英語。

而且，大部分學習教材，非原汁原味，在速度和節奏上刻意放慢了，與現實人生有差別。念多了教材以後，應該真槍實彈上戰場，看英語電影、電視、CNN、脫口秀，以及網路裡的廣播節目、VOA（美國之音）、BBC（英國廣播公司），適應一般英美人士的說話方式。

到美國、英國住三個月，
英文嚇嚇叫？

　　上海畫家李斌為聖嚴法師繪了一幅巨大肖像畫，還有台灣許多名人、企業家及影歌星，包括張忠謀的畫像也都是他畫的。

　　他告訴我，以前在紐約住了12年，培養出一個哈佛女兒，他自己卻說不了幾句英語。直到最近兩年，在上海繳了兩萬多人民幣補習，他現在的英語程度比在紐約好很多。他承認當初在紐約，就是因為聽力差，始終很難開口。

嫁給老外

　　有時候，聽到人家說：只要到美、加、英、澳住上三個月，英文就嚇嚇叫。聽起來彷彿是一則天方夜譚。

　　我在溫哥華碰到一位太太，嫁給原籍英國的加拿大人兩年。移民當地的許多台灣太太都羨慕她很會講英語，但實際上，她會講的僅是哈啦英語而已。

　　她向我透露，每次家中有聚會，客廳坐滿了白人。講到精采處，大家哄笑滿堂，她卻愣在一旁。直到她丈夫用更簡單的英文轉述給她聽，她才聽懂，跟著大家笑出來，雖然已慢了半拍。

到美國遊學

　　讀者Mary是華航資訊工程師，有免費機票，去過很多次美國。她說：每次一下飛機，耳邊馬上傳來一大堆英文的聲音，心裡就開始發慌：完蛋了，我的英文還沒準備好……幾年前，有一次她一個人去美國出差，因為英文不好，不敢與人交談，結果還因此餓肚子，真的很慘。

　　Mary也曾經遊學兩次，兩次都是去柏克萊加大的語言中心，而這兩次都沒什麼準備就去了。第一次是大學畢業那年跟遊學團去上六週的英文課，第二次則是跟公司請假和老公一起去上三週的英文課。

　　她說：由於去的時間很短，所以只好拚命玩；因為英文程度不佳，單字背太少，所以與人交談很難深入。她很後悔，早知道就該把英文練好再去。遊學回來後，全心投入工作，也就把英文晾在一邊了，真的很可惜！

　　Mary長得非常漂亮，有一次我跟她聊天，她提到某次在美國逛博物館。有個老美主動過來跟她說話，可是因為她聽不懂，人家很快就走開了。

我開玩笑說：「難道以妳的美色也留不住對方嗎？」

到美國打工

以下是讀者Penny分享她到美國打工的經驗：

我參加的是 work & travel，除了可以合法取得美國工作證外，工作結束後，還可以留在美國當地旅遊一個月。

由於參加打工的身分限學生，所以最長只能申請四個月的打工期。首先，在台灣先找好美國的工作，等美國的雇主寄合法文件給你，才可以申請簽證到美國。

我先在加州的一個移動式主題樂園工作，工作性質就是跟客人講解這個遊戲的玩法，以及注意事項。雖然常有機會一對一面對外國人，但說久了，就是那幾句英語。

在我們那個遊樂園裡打工的國際學生和美國學生都很多，以千人計，但是從台灣去的共有13個人，到最後我卻都跟台灣人在一起。除了打工時說的那幾句英文，其他時候，不管是出去玩或私底下說的全是中文。

回台灣後，我拿照片給同學看。他們很驚訝的說：「怎麼全都是台灣人？」要不是背景有國外的感覺，他會覺得我是在台灣耶！

因為樂園是移動式的，所以我們也跟著從南加州到北加州玩了一圈。等這個工作結束，我又和另一個在這認識的朋友到明尼蘇達州打工，在 Best Western 連鎖旅館做 housekeeper 的工作，在這裡又認識了另外兩個也是台灣來的學生。

所以，這個工作就是跟三個台灣學生在一起，只有兩個僱主是純正的美國人。可是，他們只要一開口，我就笑笑回應他們，不懂得好好把握機會練英語。

最後打工結束，我又和另一個台灣學生飛到美東、紐約和波士頓玩，玩了兩個星期，便結束了我將近五個月的 work & travel 生涯。

回國後，我的英文並有沒有因為去了一趟美國就功力大增，這和我以前所想像的，只要出過國，英文就會嚇嚇叫，根本是兩回事。

因為我沒有好好把握機會，「開口」說英語。

除了從台灣飛到美國，從機場搭 taxi 到遊樂園是我一個人，我覺得這一天說的英文，可能比其他天加起來還要多。其他，一路上都有台灣友人陪伴，所以就自然而然說國語！

我深深體會到，若不開口說，不管是身處台灣或是國外，都是一樣的。

這次打工雖然圓了我的出國夢，但我也深刻了解到並不是出過國，英文就會變好，所以我非常贊同成寒老師說的那句話：「出國是要『用』英文，而不是要學英文。」

而學英文，不論身處何地，只要有動力，哪裡都不是問題，最重要的是要去執行。

說到執行力，我舉一個很好玩的例子：

女生都很想要再瘦一點，當然我也不例外。我最喜歡上討論區，看別人瘦身經驗與文章，往往一看就是一個小時……

有個朋友看到我每天那麼專心在看文章，便說：「妳是用眼睛在減肥喔！」

其實這一個小時，我如果去運動，身體力行，那才有可能達成目標。換句話說，如果只是在留言版上看別人發表文章，看別人的成功經驗，或者只是看了幾本英文學習書，就想馬上達到效果，而不努力執行的話，英文同樣會留在原地踏步。

我要減肥，這句話對自己已經說了好多年。同樣的，我要學好英文，也是如此。但是，如果都只是想歸想，做歸做，我想再過幾年一定會同樣後悔的。

成寒後記：我後來見到Penny，她真的減肥成功了，一張漂亮的瓜子臉，讓人好羨慕！

留學的苦惱

　　經常有在國外念書的讀者上我的網站，難過地說他有點讀不下去了。

　　我問：「你生活有困難嗎？缺錢嗎？繳不出學費？」

　　他回答：「都不是。」

　　我便猜著了：「那一定是你的英文跟不上。」他承認了。

　　儘管我說了又說，出國前一定要把英文學好，然而，有些讀者總是存著僥倖心理，以為到了國外，英文就會好。

　　是的，到了國外，英文當然會變得比較好，只是 How？When？多久才會變好？這段期間你如何熬過去？

　　　　　　　※　　　　　　　　　※　　　　　　　　　※

　　正在德州唸書的一位女讀者在我網站上留言：

　　Dear 成寒姐：

　　哈囉！

　　我現在已在德州唸書，來了之後才知道自己的英語在各方面是多麼的不足。尤其是聽力及會話能力，並且要去適應各種口音。

　　每天要 read 很多東西，每天都在趕進度，但沒看完又會不知教授在說啥。有些教授也不講書上的，自己說一套，這時聽力就很重要。可是我還很差。

　　教科書太難，常看完了一頁，還要回去上一頁看看在講什麼。課程的安排很緊湊，我常常來不及看完，就得上場。操著我的破英文，老師同學似乎忍著痛苦在聽我說。每次看到對方吃力地在聽，或皺眉，真想鑽個洞躲起來。

　　很多活動都很想參加，但是無奈自己實力太差。我需要多花時間在課業上。

　　要會說，Input 很重要。

　　我的體認是，真的要多聽及跟述。多跟述，大聲講，在真正講話時才會流利。因為 competence 與 performance 是不同的，有這樣的能力不一定能在適當的場合使用。

　　　　　　※　　　　　　　　※　　　　　　　　※

　　另一位讀者，碩士課程念了快一學期，這些問題依然存在，問我該怎麼辦？

　　Dear 成寒老師：
　　碩士課程的第一個學期快結束了，本來以為是一開始適應期，等適應以後應該就沒問題。

剛開始，跟班上的 native speakers 聊天，其實就是自我介紹。因為是自我介紹，所以我說得還算流暢。

但是碰到一般話題或是小組討論的時候，我常發現當我發表完後，他們的表情挺疑惑。原來他們沒聽懂我的意思，我常常要重複三四次，越說越覺得很沒信心。

當初托福 CBT 第一次剛好考200分，第二次終於考到220（申請的分數最低需要213）。

當然，相較於考250或是近滿分的同學來說，成績實在不怎麼樣。但是，沒想到開始上課後發現是「非常不夠用」。

依您的方法學習，我幾乎都跳過「跟述」的部分，很少「跟述」。現在終於明白「跟述」的重要性。

英文不好的人出國唸書，上課足足比別人少吸收五成，其餘或許有兩成自以為懂，但也許是誤解了……

我知道自己是來學習專業的，不是來練習英文的；但英文不好，又得學習專業，壓力很大。加上和同學互動越來越少，越來越沒話聊，感覺很孤單，心情很低落，下課就想回家。

我不想變成這樣，想請教老師您有沒有讀者出國唸書碰到類似的狀況？我該怎麼辦？

到國外唸書，一開始如何適應？

我看了她們的留言，非常心疼，也覺得很可惜。然而，千金難買早知道，我以前念書沒有任何問題，只有數學不好。原因大致如下：

1. 我托福聽力考滿分（成績實在，因為沒有做過任何測驗或補習），聽力完全沒問題（少數不懂的字，大致上可用猜的）。

2. 到了當地，每天我會花一點時間看電視，以適應當地的口語和口音。也可藉看電視，了解當地風俗文化及八卦，比較有話題講。我建議這位讀者把英國口音的DVD買回家，重複看多遍即可適應。

3. 我每天六點半到校，晚上十點回家，整天泡在學校裡，不一定念書，常常坐在學校餐廳或圖書館裡，隨時有同學或陌生人過來跟我聊天。

4. 有老美主動找我做語言交換，我一有問題就問他。

5. 多運用女生魅力，微笑掛在臉上，讓人願意親近妳。

6. 我剛到美國時，唯一有點不太適應的是文化差異，如美式足球。但我當年看起來年紀很小，老美教授都還滿「可憐」我的，有個教授竟好心利用春假，叫我天天到校特別輔導。

7. 我滿幸運的，雖然個性內向，但認識了許多外向活潑的老外，他們常找我參加活動、party、跳舞等。

8. 我住學校宿舍，室友都是老美，讓我更快熟悉美式文化。

9. 剛開始，我念大學部，天天跑班，沒有固定的同學。所以在教室時跟班上的同學討論，下課後又跟其他人碰頭。

　　10. 如果經濟上沒問題的話，花錢找個家教陪妳說話，或交個老外男友也行。有空的時候，多看當地的報紙雜誌。

Part-8

聽力克漏字

聽力克漏字

1. 不看原文，每張CD先聽10遍以上，每次都從頭聽到尾，中間不要停頓──這樣可訓練英文的快速完整理解力，而不是支離破碎的理解力。CD要交替著聽。同一張CD，每天最多聽三遍，以免聽到膩煩。聽的時候，有些字一直冒出來，聽得很清楚，可試著翻紙本字典「聽聲辨字」，平均每個字辨三分鐘，若辨不出來就放棄，但你會漸漸將這「字」與「音」的關係自動連結起來。

2. CD聽過10遍以後，先不要看書，而是邊聽CD邊做「克漏字」（做的時候，當然要看著書做），每次都從頭做到尾，中間不要停頓，寫多少算多少。每次不可能全部填完，所以每做一次總是跳幾格才填一些空格。一天內不要連續做超過三次，可以換做另一份「克漏字」，之後再回來重做，直到這份「克漏字」全部填完為止。一份「克漏字」連續做幾天即可完成。克漏字的訓練，猶如一次又一次「洗」耳朵裡的沙子，越洗耳朵越清楚，聽力就越好。

3. 「聽熟」卻寫不出的單字，請用「紙本字典」，依聲音慢慢學著推敲字母，剛開始不一定會找出正確的單字，但練習多了，就能領略「聽聲辨字」的要領。「聽聲辨字」每天只挑兩三字來試試即可，超過三分鐘便放棄。

　　4. 每聽一次，可把「聽得很清楚」的單字和片語，挑出來抄在生字簿裡背。一次挑幾個就好。

　　5. 做完克漏字，可用「聽」的方式多檢查幾遍，修正答案，最後才去核對「解答」。若錯誤超過十個以上，請隔幾天重新再做「克漏字」練習。

　　6. 當「克漏字」做完以後，每天除了背「生字簿」裡的資料，不必再去看原文。每天只要交替著聽CD，讓英文自然灌入耳朵裡，熟悉英文的「語調」（intonation），同時挑出那些已聽熟的生字和片語，寫到「生字簿」裡，每天依「遞減背誦法」背－背－背，一天都不能偷懶。寧願每天花20分鐘，也不要每週只有一天背十個鐘頭，其他六天光曬網不打漁。

　　7. 每次聽CD時，把聽得清楚的句子大聲「跟述」（shadowing），不要把話含在嘴巴裡，這樣可練「脫口而出」的能力。跟述，把CD一口氣放到底，中間不要停，聽得清楚的句子就做「跟述」。每五、六句或七、八句能跟上一句就算及格。剛開始，盡量跟「短的句子」，隨著練習多了，跟述會慢慢進步，不必操之過急。

　　8. 為什麼要做「克漏字」？「克漏字」可以去除「聽」的盲點。許多讀者表示：聽了許多遍之後，覺得自己已經全聽懂了，等到做「克漏字」時才發現，居然有20%好像從來沒聽過。由此可見，克漏字可檢驗你到底聽懂了多少，同時也確定你到底會不會拼字，不是光會聽的文盲。《成寒英語有聲書》裡設計的克漏字，連時報出版公司的總經理莫昭平女士都有認真做過呢——她是台大外文系畢業生。

　　「克漏字」也能幫助英文寫作的拼字及文法。

※　　　　　　　※　　　　　　　※

　　這兩篇有聲故事不提供中文翻譯，請參照本書前半部的說明，以上下文猜測的方式，試著去理解它，然後再查字典。最後若有任何字義上的問題，請上成寒網站，將為您仔細解說。

※　　　　　　　※　　　　　　　※

　　成寒的方法：您只要花10％的時間「看」、「背生字」、「克漏字」，其他90％的時間都在「聽」和「跟述」。

※請注意：如果10％的部分不認真做的話，學習效果便大打折扣。如果您不想認真學習，那麼這本書及CD對您毫無用處。

美女與野獸
Beauty and the Beast

CD-2

Once upon a time there was a rich （1.　　　　　）
who had two daughters. The older one, Ethlinda, was proud and
selfish, but the younger was sweet and kind and so lovely that
everyone called her "Beauty." And now, one day, their father
lost all his riches. He and his daughters had to go live in a tiny
cottage （2.　　　　　　　） where nothing was easy
and pleasant as it had been. But Beauty was cheerful even there
and sang as she worked about the cottage.

"I have a gold locket, a locket of gold. My prince gave it to
me, my prince brave and bold... "

"Oh, Beauty! Stop singing that stupid song!"

"Why, Ethlinda, you always used to like it!"

"Yes, I used to, when we had gold lockets and gold rings to wear. I used to like it when we had fine gowns instead of these rags. And when we had （3. 　　　　　　　） of meeting a prince one day."

"Oh, don't give up so easily, Ethlinda! It may still happen. Oh, look out the window. There comes Father!"

"Oh, my goodness! At this time of the day!?"

CD-3

"Girls, girls, I must （4.　　　　） the city at once. Will you pack me some （5.　　　　）, Beauty, dear? There's a chance... just a chance of fortune."

"Father, what's happened?"

"What do you mean, 'a chance of fortune'?"

"Well, a traveler through the forest gave me news of the city and （6.　　　　）. He said a ship called the Golden Vanity had docked last month."

"The Golden Vanity? But, that's your ship, Father!"

"The one we thought was shipwrecked a year ago!"

"Oh, Father, if it's come to port at last, then we're rich again!"

"Oh, easy, Daughter, easy. We're not sure it is my ship, or if it is, whether it （7.　　　　）. But if luck is with us... What shall I bring you back from the city （8.　　　　）?"

"Oh, Father! Some, some silk and satin for gowns and new

slippers and new ribbons, some perfume, and…"

"Oh, enough, Ethlinda! Remember, it's only a chance. But if it is my ship, what do you want, my Beauty?"

"Oh, Father. All I want is a safe trip for you and good news in the city. And then, if you want to bring me something, well, I'd love one perfect rose, that's all."

"One rose?"

"As always, you ask little for yourself, dear Beauty. But one rose I promise you, whatever kind of fortune I find. Now I must （9.　　　　　　　　　　） and be on my way."

CD-4

"Aye, sir. That's how it is, sir. The crew took all the cargo and made off with it. Heaven only knows where they're scattered to."

"And there's… nothing left?"

"Not a bowl of goods, not （10.　　　　　　　）. Hard luck, sir. Of course, if you'd been around when the ship docked…"

"Yes, yes, yes, I know. But, uh, tell me, what of the ship itself? Where is it?"

"The crew sold the vessel and （11. ） the gold. The ship sailed out the next day."

"So my whole trip's been in vain. I'm as poor as ever."

"Hard luck, like I said."

"Well, there's no use staying here groaning. I might as well start home again with my bad news."

"Well, if you're traveling, sir, you'd best be starting. Those clouds look ugly. Yeah, we're in for a storm."

"Yes, yes, you're right. Well, thank you for your information and farewell."

"Oh, it's terrible. The storm grows worse every moment. Steady, boy, steady. A little （12. ）. Surely we'll find some sort of shelter. Wait! Isn't that a light glimmering through the trees? Yes! Yes, it is. C'mon, Blaze! Wh-, why, it must be a great castle. The light is high in the tower. An-, and there, just ahead, a huge gate! Boy! Hiya! What's the matter, old Blaze? Why are you stopping and trembling?"

CD-5

"C'mon now! Don't you want （13. ）? Very well, then, I'll go to the gate （14. ）."

Heaven knows what the poor horse fears that could be worse than this night. Ah, yes, yes, the gate. Here's (15.   ).
Oh, this storm! Pray Heaven someone answers."

"Good evening, sir."

"Go-, good evening. I... I, I, I'm a poor traveler lost in the storm, (16.   ) shelter."

"Oh, yes, indeed, sir. Enter. You're most welcome."

"Well, thank you. But I say, it's not raining in here. The moon is shining. It's, it's as mild as a summer's night!"

"Oh yes, sir. If you'll follow me through this garden to the castle, you'll find dinner (17.   ) you, and every comfort for the night."

"But look here, is this (18.   )?
Flowers, birds, moonlight? Are you the Master here?"

"No, sir, no indeed. If you'll just follow me into the castle now..."

"Uh, yes. But tell me, will I meet your Master within the castle?"

"I'm sorry, sir. My Master sees no one. But I've been told to give you everything you desire. Here is the supper table set and waiting for you.

"Well, what a splendid table—candlelight, meat, fruit, wine... "

"Oh, yes, sir. Over there is the door to your room. When you've eaten, feel free to retire whenever you wish. If you want anything, just ring."

"Goodnight, sir."

"Goodnight."

"Well, this is strange indeed. But I'm （19.   ） to ask no questions. Dinner, and then bed. That sounds fine to me."

CD-6

"Beauty's father... "

"Hmm?"

"Beauty's father... "

"Hmm? Wha... wh, am, am I waking or sleeping? A light— let me find a candle."

"No! Simply listen, listen to my voice."

"Wh- who are you? I see no one. Where are you?"

"I am your friend. I am in the mists; I am in the wind; I am in （20.   ） of all flowers, but you cannot see me."

"What do you want?"

"I have come to warn you."

"Warn me? Warn me of what?"

"Tomorrow there will be a test. Watch what you do. If you fail, it may mean death to you and to your daughters."

"Oh, no, no! Not that! No, I must come to my daughters."

"It rests with you. Remember, tomorrow, the test. Now sleep and farewell, farewell."

CD-7

"Good morning, sir."

"Good morning. I, oh, I'd hoped it was my host."

"I'm sorry, sir. Only the Master's servant, Marleybone. I came to see if you'd finished breakfast."

"Yes, yes, I have, thank you, and very excellent it was too. An-, and now if you would take me to your Master, I would very much like to meet him and uh, thank him for his (21.   ) before I leave."

"My Master sees no one, sir, as I told you. Will you walk in the garden until your horse is settled?"

"Well, all right. If it's impossible to see my host, I... well, the garden is lovely."

"I'll call you when your horse is ready, sir."

"Oh my, how Beauty would love this garden. Oh, and that reminds me. The one thing she wanted me to bring her was one perfect rose. And here are hundreds to choose from. Well, let me see. Ah, yes, yes, here is a perfect rose. Rosy pink as Beauty's own cheeks. I'll pick it."

"Wh-, what's that? What a horrible sound! What is it?"

"How dare you pick my roses!"

"What a （22.　　　　　　　） beast! How awful!"

"Wasn't it enough that I gave you the freedom of my castle, （23.　　　） you and sheltered you?"

"Am I dreaming? I never saw a beast like this! An-, and it talks! Who are you? What is this ghostly place?"

"I'll show you by eating you alive."

"Oh, no, no! Please, please don't kill me! Let me explain why I took this one rose. Please! Please let me explain!"

"What is there to explain?"

"Well it, it was not for myself that I wanted the rose, Beast, but for one of my daughters."

CD-8

"One of your daughters?"

"Yes, I, I have two pretty daughters, Beast, and when I left home I asked each daughter what she would have me bring back as a gift. Alas, I didn't have the good luck I had hoped on my journey, so I can take Ethlinda nothing of what she asked. But Beauty, my younger daughter, asked only for a rose. And when I saw these roses, I thought... "

"Spare a father's life, Beast, a father who is only trying to please （24.   ）."

"Very well. I will spare your life （25.   ）—that you go home and send me one of those daughters in your stead."

"What? Buy my life with one of theirs?"

"I do not ask you to force （26.   ） to come. Go home. See if either of your daughters is （27.   ） and loves you well enough to come willingly and save your life."

"No. No! H-, h-, how can I ask either such a question. How could either agree to come?"

"If （28.   ） is willing to come, you yourself must return. And if you don't, I shall come and fetch you."

CD-9

"So, my daughters, that's the story. Now, I must say goodbye and return to the Beast."

"Goodbye?"

"Father, what do you mean?"

"Oh, my daughters, I only （29.　　　　　　　） to accept that creature's terrible suggestion so I could see you both once more. Now, I （30.　　　　　　　　） and go back to him."

"Oh, no, Father!"

"If I don't, he will come after me and kill me here."

"But this way, you walk right into his （31.　　　　） !"

"Well, if it be death either way, I would rather meet it as an honorable man, keeping my promise to return."

"But it isn't death either way, if one of us goes with you."

"But that's impossible! That's unthinkable!"

"Yes, it's impossible! How could either of us face that （32.　　　　） beast? Don't even suggest it, Beauty."

"It was the rose I asked for which brought about this

misfortune. Father, I'll go back with you to face the beast."

"No, Beauty! No, no! You （33.　　　　　　　　　） the beast!"

"I'm not going to be afraid! This is better than seeing you go alone. Come, Father, let us be on our way."

"Very well, Beauty. Heaven grant that even a beast so fearsome as he is will be touched by your goodness and love. Heaven help us both."

CD-10

Although her father protested, Beauty（34.　　　　　　） returning with him to the castle of the Beast. Now, nervous but determined, they are entering the castle.

"It really is very, very splendid, Father. The Beast must be very rich and very powerful."

"Oh, Beauty! I, I, I （35.　　　　　　　　　） you to come. I, I should have faced him alone!"

"No, Father. He would surely have killed you then. But I wish... now we're here, I, I wish he'd come. Everything's so quiet. There's such a strange, unearthly air of mystery everywhere."

"Yes, yes, it's all just as it was before—the servant Marleybone opening the gate. No sign of anyone anywhere."

"Father! What's that?"

"Oh Beauty! Beauty, my dearest Daughter!"

"It's the beast! He's coming!"

"Yes, yes. Heaven protect us, dear Daughter!"

CD-11

"His eyes! His claws!"

"So, (36.   ) and brought one of your daughters."

"Yes, yes, Beast, I have, but sir, be, be gentle with my dear Beauty."

"Silence! Have you come willingly, Beauty?"

"I... yes, Beast, I... I have."

"Good. One more question. Will you be content to stay here when your father goes away?"

"To... to stay?"

"Oh, Beast! You can't ask this! No! No! No! It's too much!"

"Beauty?"

"If that is the price of my father's life, yes, I will stay."

"No, Beauty! No! No!"

"Peace, sir!"

CD-12

"That was a brave and good answer, Beauty. I swear you will never regret it."

"Why, how soft his voice is suddenly. And his eyes... they,

they have tears in them."

"I had almost given up hope. You sir! It's time for you to go now!"

"Now? Tonight? At, at, at this late hour?"

"It will not be a long journey as you travel this time. When I turn this ring on my （37.　　　　　　　　）, close your eyes. You will then be carried swift as the wind out and over the land and placed safely in your own home. Are you ready?"

"Yes. Goodbye, dearest Beauty."

"Goodbye, Father."

"Close your eyes. I turn the ring so... "

CD-13

"Oh... H-, he's gone! Disappeared with the wind. It's magic!"

"Magic of no importance. Beauty, will you marry me?"

"Wh... What did you say?"

"I asked you to marry me! Yes, me! Ugly Beast that I am!"

"What shall I say? I, I'm afraid!"

"Don't be afraid. Say whatever your heart tells you to. Will you marry me, Beauty?"

"Oh, no, Beast! I, I don't want to hurt your feelings. I'm sorry, but I just couldn't."

"Very well. It's, it's growing late. Your rooms are through that door. Your maid Clarthilde's waiting. Retire now, and don't be afraid. No harm will come to you. And everything that can be done to make you happy will be at your command. Goodnight." "Good... goodnight, Beast."

"It's almost as if he, he were really kind for all his fearsome look. I'm not as frightened as I thought."

CD-14

"Beauty, Beauty... "

"Oh, wh-, who calls me?"

"I do."

"But who? Where are you? I, I see nothing but the moonlight."

"I am in the moonlight. I am in the mists and the wind. I am in the perfume of all flowers, but you cannot see me."

"Why, it's the voice Father told me about—the same soft voice that spoke to him. What would you have of me?"

"Be not misled by appearances. Do not judge by what you

see on the surface. Be true to your heart. Be gentle. Don't be afraid. Do you understand?"

"I... I think so."

"Here is someone else who wants to speak to you."

"Where?"

"Here I am, Beauty."

"Oh, oh, I am dreaming. A handsome prince stands by the window. You are a prince, aren't you?"

"Yes, Beauty, a prince that （38.　　　　　） you. Oh, my dear, will you meet the test? Will you be able to overcome... "

"Careful, Prince!"

"Overcome what, Prince? Please go on. I would do whatever you wished."

CD-15

"Perhaps you will. I want you to, but you must find the way by yourself. Farewell... "

"Oh, he's vanishing! He's gone. He's only a dream."

"Wait, Beauty. Here is a locket. Tomorrow, open it, and you will find a picture of someone who loves you very much."

"A locket? Oh, thank you!"

"Farewell. Remember all I said! Farewell... "

"Farewell. But the locket.... The locket is real! I can feel the cool gold. And the voice said there was a picture inside. **I have a gold locket, a locket of gold. A prince gave it to me...** "

CD-16

"Clarthilde! Oh, Clarthilde!"

"You want me, Miss Beauty?"

"Oh, Clarthilde, I'm so very lonely. How long is it since I came to this （39. 　　　　　　　　　） castle?"

"Over a year, Miss Beauty."

"Over a year! And in that time, I've seen no one （40. 　　　　　） and the other servants here, and the Beast. The poor, ugly Beast! My heart （41. 　　　　　　　） for him."

"Yes, Miss, I know."

"He's so kind to me. I have only to wish for something, and it's mine! But oh, Clarthilde, how can I possibly do what he wishes? Every night... every night for a year, he's asked me to marry him."

"I know, Miss. And I know how impossible it must seem to you. But still...if only."

"In my dreams I see the prince of my heart. But he's only a dream."

CD-17

"I wake up even more lonely, more frightened."

"Oh, Miss Beauty! Please, don't cry!"

"Clarthilde! Tell me one thing. Have you ever seen the prince whose picture is in this locket?"

"Miss Beauty? Where did you get that?"

"A voice—that's all I know—a voice gave it to me. Who is he, Clarthilde?"

"Oh, I cannot! I dare not tell you!"

"Just like in my dreams! Mystery! Always mystery! Mystery, and （42.   ）, and （43.   ）!"

"I hear the Master coming."

"Miss Beauty is crying, sir."

"Oh, come, Beauty. What is the matter? You mustn't cry and spoil your pretty eyes."

"Oh, Beast, forgive me, but I'm so homesick. I （44.

）my father and my sister."

"You would leave a （45.   ）, unhappy beast alone?"

"If only you'd let me go for just a little while. I'd come back and I'd never leave you again."

"Oh, very well then. If you will promise to return to me before the dark of the moon, you may go. Should you be longer than that, you will be too late."

"Oh! I promise, Beast!"

"So be it then. Close your eyes, and when I turn this ring on my claw, you will be carried up and over the land just as your father went, （46.   ） your home."

"Oh! Thank you, dear Beast. Thank you!"

"Until the dark of the moon, farewell, my dear."

CD-18

"Beauty! Beauty!"

"Who... who calls?"

"I do. Your friend, the voice in the mist and the wind. You promised the Beast you'd return. The moon is on the wane. The Beast is dying."

"The Beast is dying? Oh, no, I didn't （47.   ） I'd been home so long. Oh, the poor Beast!"

"Perhaps you may reach him （48.   ） . Are you ready?"

"Will you take me to him?"

"Close your eyes. Reach out your hand. Now we will fly with the speed of the wind."

"There's the garden! Oh, hurry! （49.   ） I must find the Beast!"

"Yes! Find him before it is too late."

"Oh, Beast! Beast! Where are you?"

"Beauty... Is it you?"

"Oh, there you are! Oh, no! Oh my poor Beast, you （50.

　　　） on the ground. Where is everyone? Marleybone?"

"Oh, no. No, he cannot help. Only you... Oh, your hand on my head feels cool."

"Oh, my dear Beast! I, I didn't realize （51.

　　　） until I feared you were dead."

CD-19

"Is that true?"

"Oh, it is. And I'll never leave you again—never, as long as I live!"

"Beauty, once more I ask you, will you marry me?"

"And this time, my answer is... yes, Beast. I will marry you whenever you want me to."

"Yes... You said yes!"

"Beauty, my beloved."

"The Prince of my dreams! Where did you come from? Where is the poor Beast?"

"My darling. I am the Beast, and the Prince too."

"I don't understand."

"I was under （52.   ）, Beauty dear, （53.   ） to live as that hideous Beast, until a maiden would appear who would have the courage to marry the ugly Beast of （54.   ）. Then, and only then, could I hope to be （55.   ）."

"And you are the Prince who came to me in the night! But whose voice guided you and, and spoke to me and gave me this locket."

"It was my voice, Beauty, I gave you the locket and spoke to you in the night. I'm his fairy godmother."

"Oh, I can see you now! How lovely you are!"

"And you are too, my dear."

"And now, Beauty, will you make again the promise you made to the Beast? Will you say you'll marry me?"

"Oh yes, dear Prince."

"Oh, my beloved!"

"Bless you both! And may you live happily ever after."

《美女與野獸》克漏字解答：

（1. ship owner）（2. deep in the woods）（3. some chance）（4. leave for）（5. provisions）（6. the seaport）（7. brought any cargo）（8. in celebration）（9. go saddle the horse）（10. a two-penny nail）（11. divided）（12. farther）（13. a dry stable and oats）（14. on foot）（15. the knocker）（16. craving）（17. awaiting）（18. some sort of enchantment）（19. weary enough）（20. the perfume）（21. hospitality）（22. hideous）（23. fed）（24. a loving, unselfish daughter）（25. on one condition）（26. either of them）（27. courageous enough）（28. neither）（29. pretended）（30. keep my promise）（31. clutches）（32. fearsome）（33. haven't seen）（34. insisted on）（35. shouldn't have allowed）（36. you have kept your word）（37. claw）（38. adores）（39. mysterious）（40. but you）（41. aches）（42. pity）（43. loneliness）（44. long to see）（45. miserable）（46. straight to）(47. realize)（48. in time）（49. Put me down!）（50. lie stretched out）（51. how much you meant to me）（52. an enchantment）（53. condemned）（54. her own free will）（55. set free）

有聲書二

仙履奇緣 Cinderella

CD-21

　　Once upon a time, （1. 　　　　　　　　　） married a man she didn't love. Then, demanding that he journey far away to increase their wealth, she took her two （2. 　　　　　） daughters and arrived at her new husband's home, where until then, only love and gentle consideration had been known.

　　"Now girls, before we go in, here's what we'll do. The first thing is to put this daughter of his （3. 　　　　　　　　　） ."

　　"You're right, Mother!"

　　"And the sooner the better!"

　　"She'll soon find out who's running this place. Are you ready?"

　　"I'm ready."

　　"I certainly am."

"Remember—don't（4.　　　　　　　　）!"

"Oh, how do you do? You're my new mother and my two new sisters! Do come in."

"Thank you."

"Father wrote me that you would arrive today. I'm so very happy to welcome you here. May I call you 'Mother'?"

"Indeed you may not!（5.　　　　　　　　）"

"Oh, I'm sorry. I didn't mean to say anything that would offend you. I only（6.　　　　　　　）welcome you to our house."

"Your house? Please remember, girl, that（7.

　　　）, this isn't your house but ours."

"Of course. Whatever we have is yours too from now on."

CD-22

"Are you Flora or Isabella?"

"I'm Flora, but 'Miss Flora' to you, my girl. Please remember your place!"

"I shall be so glad to have two sisters. And you're Isabella, aren't you?"

"I'm 'Miss Isabella', but don't call me sister. You may help me to dress and wash my clothes if you like, but don't think that we could ever take you into our family. You poor, ugly little thing!"

"And if she expects to live here, she might as well know she'll have to work （8.　　　　　　　　　） ."

"I don't understand... "

"I'm sure that she'll never be anything else but a scullery maid, Mother. She's too ugly and （9.　　　　　　　） !"

"Yes, if she doesn't break all the dishes first! I guess someday she'll learn to be useful."

"Why are you sitting over there （10.　　　　　　　） , Simpleton? You'll （11.　　　　　　　　　　） the room. Ha! Look at her, girls! Trying to hide in them, were you? I know your name from now on. It's Cinderella!"

CD-23

"Cinderella? Cinderella? Where is that girl? Never around when you want her!"

"Cinderella!"

"Did you call me?"

"Certainly! It's time to help us dress for the ball."

"I told you to have everything ready for the girls （12.

）. Where have you been?"

"I was working in the kitchen."

"Stupid! Don't stand there! Get my dress! Start to curl my hair!"

"Curl mine first! And I want it done beautifully, too! Ah... The Prince is to dance with me tonight."

"Yes, you'd better do （13. ） first. It doesn't take so long to make me pretty. My hair's easy to dress because it's naturally lovely."

"Your hair is lovely? Ha! Then （14. ）!"

"Oh, Stepmother, may I go to the ball tonight? I'd love to see the Prince and dance and hear the music!"

CD-24

"May I, Madam? Please?"

"You go to the ball? You, a scullery maid?"

"Don't make fun of me anymore! Can't you love me just a little I don't...?"

"Oh, （15. ） and fasten Isabella's dress!"

"Ouch! Don't pinch me like that! And don't spill your tears

on my gown （16.　　　　　　　　　）!"

　　"I'm sorry, Miss Isabella."

　　"Here comes the coach. Hurry, girls! Are you ready?"

　　"I'm ready, Mother."

　　"Oh, what lovely horses! Look how they（17.　　　　　）!
Oh, please, Stepmother, let me go! If only to watch from a
corner... "

　　"Certainly not! Come, girls. Isabella, get your fan. And pick
up your （18.　　　　　　　）, Flora! Come on!"

　　"I'll tell the Prince that you （19.　　　　　　　　　）!"

　　"You may stand in the door and watch us drive off. Hurry,
driver! We're late now!"

CD-25

　　"Oh, why should they be so unkind to me? How lonely and
miserable I am! I wish I had someone to talk to, someone who
would understand!"

　　"Don't cry, Cinderella. You'll spoil your pretty face."

　　"Oh, what a lovely lady you are! But who are you?"

　　"I'm your Fairy Godmother, Cinderella."

　　"My Fairy Godmother?"

"One who loves you and understands. And I'm going to send you to the ball!"

"Oh, how wonderful! But how can you do it? I have no clothes. I have no carriage. How can I go?"

"A Fairy Godmother can do anything! Listen carefully and do as I say. Fetch me that pumpkin by the pantry door."

"The pumpkin by the pantry door. Here it is."

"Put it there in the roadway."

CD-26

"Now, do you see this magic （20.　　　　） I have in my hand?"

"Is it magic?"

"Of course, it is! Watch! I touch the pumpkin so, and there's your golden coach!"

"A golden coach! Fairy Godmother, how perfectly wonderful! Now what do we do?"

"Why, the horses are next, aren't they?"

"Oh, dear, yes, and we have none."

"Get the mousetrap in the cupboard."

"The mousetrap in the cupboard... Here it is, Godmother!

Oh, it has six little mice in it."

"Open the door of the trap and let them out （21.

　　　　　）. And watch the magic wand... One, two, three, four, five, six. There are your six dancing white horses!"

"What beautiful horses! Oh, they're the prettiest I ever saw! They're （22.　　　　　　　）! Oh, Fairy Godmother! How thrilling! Now what shall we do?"

"Well, we must have a coachman, mustn't we? Can a princess drive her own carriage?"

"Oh, goodness! But where do we find the driver?"

"Fetch me that （23.　　　　　） by the cellar steps. Is there a rat in it?"

CD-27

"Yes, look! A great big fat one."

"Splendid! What a jolly driver he'll make! Open the door. Watch!"

"Ha! Ha! Ha! Good evening, pretty Princess! I thought I'd never get here. Where to, Lady?"

"Oh, Fairy Godmother! Now he's a coachman in purple livery! Are you any fun?"

"I'm a jolly one, I am! And the best driver in the country! Whoa, you nag!"

"Am I ready to go?"

"Indeed not! A fine princess must have footmen. Cinderella, bring me six lizards."

"Six lizards, Godmother? Wherever will I find them?"

"You don't know the magic of fairies, do you? Look! There by the dooryard."

"Oh, I see them! Six huge lizards. I'll get them. Here they are."

"Then here we go!"

"Your footmen, Princess."

"Where to, Your Highness?"

"Oh, look! Six handsome footmen in gold uniforms, too! Oh, Fairy Godmother!"

"Whoa! These horses are （24.　　　　　　　　　） waiting, Princess."

"Now I think we're almost ready."

"But Fairy Godmother, look at my dress. (25.　　　　　） How can I go to the ball?"

CD-28

"Stand still, Cinderella. Close your eyes. Now open. What do you see?"

"A dress of creamy （26.　　　　　　　）, trimmed in （27.　　　　）."

"And your hair?"

"Silver and crystal roses entwined in my （28.　　　　　）. How beautiful!"

"You look like a lovely silver moonbeam, my darling. One thing more. On your feet... Tiny slippers of sheerest glass."

"The loveliest slippers （29.　　　　　　　）!"

"Footmen, you see them, crystal slippers? Down off the carriage and carry her Highness to the coach."

"At your service, Princess!"

"Now listen carefully, my dear. Go to the ball, but （30.　　　　　） you must return before the clock strikes twelve, or your coach will change back into a pumpkin, and your footmen back into lizards. Will you remember?"

"Oh, yes, indeed I will. Oh, thank you, Godmother! I'm the happiest girl in the world! And I'm going to the ball!"

"Goodnight! Before twelve, remember!"

"Goodnight! And thank you a thousand times, Godmother! I didn't know a girl could be so thrilled and so happy."

"Up on the box, footmen."

"Aye, sir!"

"Giddyup! Princess Beauty! Giddy! Come back! Giddy up! To the castle!"

"To the castle!"

CD-29

In spite of her stepmother's （31.　　　　　　）, Cinderella, aided by her fairy godmother, drove to the ball. Everyone, including her two stepsisters Flora and Isabella, is amazed at the beauty of the unknown princess. And all evening, the handsome prince dances with no one else but Cinderella.

"Oh, my lovely Princess, may I take you into supper?"

"Will it give you pleasure, Prince?"

"It will be the happiest moment of my evening, Princess."

"I'm not hungry. Are you?"

"I need nothing more than to （32.　　　　　　） you. Who are you, lovely Lady? Why haven't I known you before? What kingdom do you rule?"

CD-30

"Let's say the Kingdom of Pots and Pans, Your Highness."

"The Kingdom of Pots and Pans? Why, I've never heard of it! Where is it?"

"Just next to China."

"Oh, Prince! Maybe this is the Princess."

"Who are these ladies, Prince?"

"Two of my guests tonight, Your Highness. This is Miss Isabella, and this is Miss Flora... "

"How do you do! We're indeed charmed to meet Your

Highness."

"We have so longed to know you, Your Highness."

"Thank you. Haven't we met somewhere before?"

"Oh, unfortunately, no. I'm sure we would never forget such beauty as yours."

"Your pardon, Ladies, but I must see the Princess for a moment to discuss （33.   ）. It is most important. I'm sure you'll excuse us."

"Oh, well, of course! We were so happy to meet you, Princess!"

"Oh, yes, indeed we were, Princess."

"I'm so glad."

"I've tried to avoid them all evening. Forgive me for saying it, but they're rather silly girls."

"Yes, I find them so."

CD-31

"Now, what's the matter of state you wish to talk about?"

"It's the state of my heart, Princess."

"Oh... "

"I frankly confess that I'm madly in love with you. Will you marry me and be the queen of my kingdom? Oh, say yes, Princess."

"Your Highness! You can't mean that!"

"Oh, lovely Lady, I do!"

"But you mustn't! You don't know me! How would you feel if you discovered I weren't really a princess?"

"It wouldn't matter in the least. I'd want to marry you anyway! Why, you're perfect, from your little golden head to your tiny, tiny feet in their beautiful slippers of glass."

"Oh! Is that clock striking twelve?"

"Why?"

"Oh, it couldn't be! Hideous! I must go!"

"No!"

"No, no! Don't! I must! Goodbye!"

"A moment, please. Don't go, my Princess!"

"Pageboy! Did you see the Princess? Did she go this way?"

"No, sire. Only a （34.　　　　　）girl went this way."

"Boy, you must be blind! Look here!"

"Where, sire?"

"Here is her little glass slipper, right on the castle step. Of course she went this way! "

"Perhaps she did, sire. I didn't notice. I was so excited watching something else. （35.　　　　　　　　　　） "

CD-32

"What was it?"

"Well, sire, there was a gorgeous coach standing at the castle gate, with six prancing horses （36.　　　　　　　） on their heads and silver harnesses, a coachman in royal purple, and six footmen （37.　　　　　　　）. Then, sire, as the clock struck twelve, just as by magic, the horses, the coach... Everything disappeared! And from out of nowhere, Your Highness, a pumpkin rolled down the hill and six little lizards chased six little mice over the racks. And they were gone."

"That's all very interesting, but it doesn't tell me where the Princess is! I must find her. And I will. Page, attend me."

"Yes, sire?"

"Tomorrow we begin the search. I shall call on every maiden in the kingdom, and the one who can wear this little glass slipper will be the one I seek. She shall marry me and be my queen. Tomorrow we start!"

"Yes, sire. Queens? Glass slippers? Pumpkins? Lizards chasing mice? I think I must be needing some sassafras tea!"

CD-33

"Now don't tell me you can get so much as one foot in the glass slipper!"

"If anybody （38.　　　　　） wear it, I can!"

"You? With those feet? Ha! You couldn't get your big toe in it!"

"Is that so?"

"Cinderella, come here quickly!"

"Yes, Madam?"

"Sweep the steps! Clean off the hearth! The place must look （39.　　　　　） when the Prince enters."

"Is the Prince going to stop here?"

"Of course, Simpleton! Haven't you heard?"

"Heard what?"

"Didn't you know that the beautiful princess lost one of her glass slippers at （40.　　　　　） the other night?"

"And the Prince （41.   ） he would marry the girl who would wear it?"

"Well, I'm sure it will fit me, so I'll soon be the queen!"

"Oh, Madam! If he should stop here, may I （42.   ）, please? "

"Don't be silly! Of course not! Imagine you meeting the Prince!"

" （43.   ）, your feet are bigger than ours. And in the second place, do you think the Prince would marry you, a scullery maid, even though the slipper did fit?"

"You listen to me, young Lady! Sweep off the steps and then see that you keep （44.   ）!"

"Very well."

"Well, go on and get to work!"

"Yes, Madam."

"Listen... "

"Make way for His Highness the Prince!"

"Listen... It's the Prince! He's stopping at the door!"

"Oh, Mother!"

"Come, Daughters. Look here... "

"Open in the name of the Prince!"

"How do you do?"

"His Highness the Prince is here."

"Have you marriageable daughters that will try on the glass slipper?"

"Of course, I have! Tell the Prince to come in, please."

"Very well, Madam, I'll tell the Prince"

"Now girls, pull out of your stocking so the slipper will go on easily."

"Oh, I'm ready, mother."

"So am I."

"His Highness the Prince."

"Good day, Madam."

"Oh, your Highness! Do come in. My daughters are （45.

　　） try on the glass slipper. Here they are—Isabella and Flora. You met them at the ball!"

"Heaven forbid!"

"What did you say?"

"I said, 'Yes, I did!'"

"Oh... "

"How do you do, again?"

"Oh, Prince! I shall try first."

"Very well. Here, pageboy. Try on the slipper."

"Yes, sire."

"Now if you put your right foot on the （46.   ），my Lady."

"And then..."

"Ouch!"

"It's stubbed..."

"I mean. Try it again."

"Very well...I'm afraid it's no use, Lady!"

"Oh... Don't tell me that! Try again!"

"Oh, dear! Ouch! I guess I can't wear it!"

"Ha! Ha! Ha! I knew you couldn't! "

CD-35

"Here, page, try it on my foot."

"Yes, my Lady. All right... "

"Take it off. Start over again. You put it on (47.   ) !"

"Oh, I want..."

"No, I... I can't put..."

"Isn't it on?"

"No, my Lady. Only over your big　（48.　　　　　　　）..."

"Ha! Ha! Ha!"

"I don't believe it!"

"If...See for yourself, Miss."

"Try again."

"What I? Your..."

"I can't move!"

"I'll hurt..."

"Take it off! I wouldn't have such small feet anyhow."

"No, no, perhaps it's just as well. Good afternoon, Ladies. Thank heaven, it didn't fit them!"

"I know what you mean, sire."

"There's another girl sweeping the steps. Well, good afternoon, little Maid. Page, wait a moment."

"Yes, sire."

"Little Lady, will you try on the glass slipper?"

"Why yes, if my Stepmother will permit me."

"Permit you? I （49.　　　　　　）　that you try it on immediately. Here. Sit on this （50.　　　　　　）. Come boy. the slipper."

"Yes, sire."

"Your right foot, please, my Lady. Look, sire! The slipper fits perfectly!"

"What?"

"Well, you see, sire, without an effort it slipped right on her foot!"

CD-36

"Let me look at you, little Maid. Why, you... You are the Princess of my dreams! I fell in love with you! I danced with you at the castle! Then you disappeared. You are the one, aren't you?"

"Yes, sire. It was I who danced with you. And here is （51.　　　　） to the slipper in my pocket."

"At last I've found you, my beautiful Princess."

"I'm not a princess, sire... Just a scullery maid."

"Princess or Maid, I've found you again, and that's all that matters. What is your name?"

"They call me Cinderella, Your Highness."

"My lovely Cinderella, （52.　　　　　　　） I ask you, will you be my bride and queen and rule my kingdom with me?"

"In spite of my rags, you ask me to be your queen?"

"In spite of everything, you're the most precious thing in life to me. Will you say you'll marry me?"

"Yes, my Prince, I will!"

"Then let （53.　　　　　　　） announce that I have found the lady of my heart. Cinderella, the loveliest maiden （54.　　　　） all the world, has promised to be my queen!"

《仙履奇緣》克漏字解答：

（1. a cruel woman）（2. heartless）（3. in her place）（4.

waver an inch）（5. How ridiculous!）（6. wanted to）（7. from now on）（8. for her keep）（9. clumsy）（10. on the hearth）（11. scatter the cinders all about）（12. at eight）（13. hers）（14. so is a horse's tail）（15. stop talking）（16. either）（17. prance）（18. train　裙擺）（19. send your regards）（20. wand）（21. one at a time）（22. shod with gold）（23. rat trap）（24. getting restless）(25. It's nothing but rags.)（26. white velvet）（27. ermine）（28. braids）（29. I've ever seen）（30. mind 注意）（31. refusal）（32. gaze at）（33. a matter of state）（34. very poorly dressed）（35. The strangest thing I ever saw!）（36. with plumes）（37. awaiting）（38. can）（39. spotless）（40. the coronation ball）（41. has proclaimed）（42. try it on）（43. In the first place）（44. out of sight）（45. eager to）（46. pillow）（47. crooked）（48. toe）（49. command）（50. cushion）（51. the mate）（52. once more）（53. the wedding chimes）（54. in）

躺著學英文2
——青春・英語・向前行

有聲書〈搭便車客〉，程度：高級

他從紐約啓程，沿著第66號公路往西行，目的地是加州。一路上，有個男子一直向他招手，想搭便車，他到底是誰？為何甩不掉他？不管車子開多快，他總是隨後跟來……音效逼真，一口氣聽到最後一秒，不聽到最後結局不甘心。由電影《大國民》導演兼男主角奧森・威爾斯擔綱演出。

躺著學英文3
——打開英語的寬銀幕

有聲書〈搭錯線〉，程度：中高級

夜深人靜，一個行動不便的婦人獨自家。她要接線生幫她接通老公辦公室的電話，不料竟搭錯線，她偷聽到兩個人在電話中談一件即將發生的謀殺案，就在今晚十一點一刻整，他們打算展開行動……CD的後半部特別加上中英有聲解說，打開讀者的耳朵，只要聽聽就會。政大外語學院院長陳超明專文推薦。

說故事

成寒英語有聲書1
———綠野仙蹤

有聲書程度：進階

沒讀過美國經典作品《綠野仙蹤》，你可能看不懂、聽不懂許多英文。這部有聲書以舞台劇生動演出，節奏輕快，咬字清晰。讀者一致稱讚：如此好聽的有聲書，英語還會學不好嗎？在成寒網站可試聽。中英對照，附加生字、生詞解說及聽力克漏字。採用大量插圖，圖文書編排。《成寒英語有聲書》是「正常速度」的英語，讓讀者一口氣聽下來，先享受聽故事的樂趣，再細讀文中的單字及片語的用法，學著開口說，然後試著寫。作家侯文詠專文推薦。

成寒英語有聲書2
———靈媒的故事

有聲書程度：初級＆進階之間

一個命運坎坷的棄兒，一出生就被丟在公車上。年少輕狂的他做小偷，終於被關入牢裡。在獄中他認識一個哈佛畢業的老頭子，這人看出棄兒天資聰穎，於是教他讀書，說一口漂亮的英語，還有做靈媒的各種技巧：預卜未來、知道過去，與亡者通靈。孤兒從小偷一變成為靈媒，名聲遠播。許多人來求問前途，連警方都來找他幫忙破案……一則發人深省的故事。國家圖書館主任王岫專文推薦。

成寒英語有聲書3
——尼斯湖水怪之謎

有聲書程度：初級

在蘇格蘭尼斯湖深深的湖底，有隻水怪，看過的人都說像蛇頸龍或像魚或像……沒看過的人說那是人們編造的，其實那是鯨魚、海豹或漂流的木頭。尼斯湖水怪到底是真、是假？本書為您揭開這個謎。東吳大學英文系副教授金堅專文推薦。

成寒英語有聲書4
——推理女神探

有聲書程度：初級＆進階之間

美國新英格蘭區的一座豪宅發生命案，被害人是男主人麥可・葛瑞。警方派年輕貌美的女警探K前來調查。這是K負責偵辦的第一件案子，她發現屋子裡的人，包括女主人、女主人之弟、男主人 舊日軍中同袍、年輕女祕書，還有女管家，每個人都有嫌疑，每個人都有犯案的動機。可是K找不到任何犯案的證據，現場也找不到凶器，但確信男主人不是自殺的……這本推理小說，考你的判斷能力，究竟誰是凶手？由台大醫學院教授張天鈞專文推薦。

成寒英語有聲書5
———一語動人心
有聲書程度：中高級

如何讓你的演說或寫作更有力？那就是套用名家名句（quotations）。從名人的文章和談話中，挑出精采佳句，學習這些句子的多重意義和各種用法。套用英語「名家名句」，在英語寫作演說時有加分的效果。本書收錄200多則名家名句，標準美語朗讀，配樂優美。這是一本可以陪你成長，隨時提升英語實力的有聲書。世新大學人文社會學院院長李振清專文推薦。

成寒英語有聲書6
———聖誕禮物
有聲書程度：中高級

聖誕節到了，一對貧窮的夫妻，他們窮到什麼都沒有，唯有深愛彼此。當聖誕節來臨，他們想盡了法子要送給對方最珍貴的禮物……包括兩個感人的故事〈聖誕禮物〉和〈重新做人〉，作者是「短篇小說大王」歐亨利。他的小說，故事一開始很平常，但經過縝密的佈局，突然來個意想不到的大轉折，把讀者的閱讀神經拉到最高點，然後戛然而止，令人深思低迴。

英文，非學好不可

作　　者：成　寒
副 主 編：曹　慧
美術編輯：林麗華、Aoki Ayumi
企　　畫：張震洲

董 事 長：趙政岷
出 版 者：時報文化出版企業股份有限公司
　　　　　108019台北市和平西路三段240號4樓
　　　　　發行專線：(02) 2306-6842
　　　　　讀者服務專線：0800-231-705　(02) 2304-7103
　　　　　讀者服務傳眞：(02) 2304-6858
　　　　　郵撥：19344724 時報文化出版公司
　　　　　信箱：10899臺北華江橋郵局第99信箱
　　　　　時報悅讀網：http://www.readingtimes.com.tw
　　　　　電子郵件信箱：know@readingtimes.com.tw
法律顧問：理律法律事務所 陳長文律師、李念祖律師
印　　刷：絃億印刷有限公司
初版一刷：2007年2月16日
初版二十九刷：2024年5月24日
定　　價：新台幣250元

英文，非學好不可 / 成寒著 . -- 初版 . -- 臺北
市：時報文化，2007〔民96〕
　　面：　　公分

ISBN 978-957-13-4622-9（平裝）

1. 英國語言 - 學習方法

805.1　　　　　　　　　　　　　　　　　96000917